文春文庫

桜の木が見守るキャフェ

標野凪

文藝春秋

目次

桜の木が見守るキャフェ

第一章　開花

桜といえば、かつてはヤマザクラを指したという。いまでは花見の桜はソメイヨシノと相場が決まっている。毎年、気象庁が発表する開花宣言も、ソメイヨシノを標本木としている地区がたいていだ。

日本原種のエドヒガンとオオシマザクラを品種交配し、江戸時代に開発されたソメイヨシノは、葉よりも先に花だけが開くのが特徴だ。一面に咲く花を楽しめるだけでなく、生育が早いことでも重宝され、全国に広まった。

けれどもこの『キャフェ チェリー・ブラッサム』の庭で枝を広げているわたくしは、古い大木のヤマザクラ。日本の固有種、つまり日本でのみ育つ野生の桜で、古くから和歌にも詠まれている。ソメイヨシノと違い、葉と花が同時に開く。花の色は白に近い仄かな薄桃色だが、赤褐色の若葉と相まって鮮やかなピンク色になり、春には見事な風景を演出する。

緋桜が母親からこの屋敷の支配人を譲り受けたのは三年前、彼女が三十歳の誕生日を迎えたときのことだ。それ以前も、母の手伝いで屋敷に出入りしていたが、その頃から、いや物心ついたときからわたくしはこの庭で太い幹を地面におろしていたのだから、樹齢はもうかなりのものだ、と想像してもらえるだろう。

敷地の一角に建っている屋敷の築年は、優に七十年は越えているだろうか。クリーム色の外壁に深い海の色に似た青緑色のスレート屋根の洋館は、それなりに古びてはいるけれど、いまでは逆にレトロだともてはやされ、わざわざ遠方から写真を撮りに訪れる人もいる。

緋桜が磨りガラスの嵌まった入り口のドアに鍵を差し入れる。ぐるぐると二回右にまわすと、ガチャッと音をたてて解錠した。ドアノブを手前に引くと、ぎいー、と軋んだ音があたりに響いた。

コンクリートの三和土で履き古したジャックパーセルのスニーカーを脱ぎ、下駄箱から従業員用の焦げ茶色のスリッパに履き替えると、白のソックス越しにビニール製スリッパのひんやりとした感触が緋桜の足に伝わる。

日差しの元ではあたたかだけれど、室内はまだ冬の名残がある。湿気を帯びた木材の匂いが緋桜の鼻に届き、すっと息を吸い込む。それは長い時代とともにこの屋敷が育んできた匂いだ。屋敷を包み込んでいるその空気を体全体にめぐらせ、

「さてと」

緋桜は腰に手を置いた。

彼女の祖母である八重（やえ）は、かつてここでこぢんまりした宿を経営していた。いまでいうビジネスホテルのような、素泊まりだけの宿泊施設で、一階はフロントとスタッフルーム、二階の三部屋を客室にしていた。『チェリー・ブラッサム』という名の洋館の宿は、当時はハイカラだと珍しがられたが、設備の老朽化が目立つようになると、次第に客足が遠のくようになった。娘の櫻子（さくらこ）に代替わりしたのを機に、宿泊施設から洋食レストランへと業態を変えた。

料理人は櫻子の夫、つまり緋桜の父親。長く勤めていたフレンチレストランで鳴らした腕で、気軽に楽しめるカジュアルフレンチを提供していた。そんな彼も六十歳を過ぎたころから、厨房（ちゅうぼう）に立つのが億劫になってきた。早めの引退は、残りの人生は夫婦でのんびりしたいという想いもあったようだ。

緋桜が支配人を名乗るにあたり、シェフを外部から招聘（しょうへい）する案もないことはなかった。けれども従業員を雇うのは経費だけでなく、その者の生活を背負うことにもなる。若い緋桜には荷が重かろう。彼女ひとりで運営しながらこの屋敷を維持できる方法はないか、と家族で模索した。レストラン事業は撤退し、やがて『チェリー・ブラッサム』という店名はそのまま残し、頭に『キャフェ』という冠がついたのにはこんな経緯があったのだ。

提供しているのは、季節の和菓子と茶なのだから、「甘味処」とか「和カフェ」なんて表現がわかりやすいだろうに、支配人となった緋桜はキャフェという呼び名にこだわった。このレトロモダンな屋敷に漢字は似合わない、のがその理由だと、はしゃぎながらいっていた。

八重が亡くなった時にはまだ小学生だった緋桜も、いよいよこの館の主になるのか、と感慨にふけったものだが、あれからもう三年が経つ。月日の流れの早さには驚かされる。子どもにとっての一年と、大人になってからの一年は、もちろん同じ時の長さなのだけれど、感じ方が全く違う。ただ、わたくしのように、長く生きていると、一年なんてあっという間、いえ、五年、十年前のことですら、ちょっと前、と口を突いて出てしまう。

だからここが『キャフェ』と名乗り、緋桜が支配人になったのも、わたくしの感覚でいえばついこの間、だ。

大きく広げた枝の分岐では、何日か前から蕾(つぼみ)が膨らみはじめていた。それも昨日か一昨日か、そのあたりの日数も曖昧(あいまい)になる。けれども、とわたくしは自らの枝に力を込める。この好天なら、おそらく数時間後、今日の昼過ぎにはいくつかの蕾が綻(ほころ)ぶだろう。長年の、そう百年もの月日の経験がそれを確かなものだと教えてくれる。

朝の澄んだ空気を生育の力に変え、枝や幹の端々まで満たしていると、足元をくすぐる気配を感じる。目を落とすと、黄土色の柴犬が、わたくしの幹に尻尾を絡ませていた。

「おやおや。もうすぐですな」

リードを引く男性が、ただでさえ深い皺の刻まれた目尻に無数の皺を寄せ、独りごちる。薄くなった頭髪を揺らすそよ風に、春の訪れを思う。

犬がくーんと甘えた声を出し、幹に鼻をすり寄せてくる。くすぐったさに身体を揺らすと、枝がざわっと音を立てた。

老人が犬の散歩ルートでここを通るのが、おおむね午前八時ごろ。それから三時間ほどたったころに、ようやく緋桜がこの屋敷の裏手にある実家から出勤してくるのが常だ。『キャフェ　チェリー・ブラッサム』の開店は十二時からと遅めなのだが、このあたりの住人の朝は遅く、都心からほど近い観光地でもありながら、街が動き出すのは、すっかり日が高くなってからだ。

提供する菓子を、当日調達することが可能なのも、開店時間が遅いことがさいわいしている。今朝も彼女はどうやらそれなりの早起きをし、和菓子店まで足を運び、生菓子を仕入れてきたようだ。

まだ眠気が残っているのか、誰もいないのをいいことに、のびをしながら、大きな口を開けてあくびをしている。わたくしがこうして見ているとも知らず、なんとも無防備な姿だ。まだまだ子どもだなあ、と思わず吹き出しそうになる。

出勤するとすぐに玄関にはいり、屋敷内の窓を開放し、空気を入れ替える。やがて木戸を通って庭に現れた緋桜は、用具入れから竹箒を取り出した。纏っているコバルトブルーの膝丈のワンピース、これが彼女のここでの制服だ。丸襟と袖口の折り返し部分は白く、清潔感がある。接客中はこの上に、控えめなレースが縁に施されたエプロンを掛けるが、開店前のいまは、埃除けに、スモック形のかっぽう着を被っている。

屋敷と庭は腰高の木戸で仕切られてはいるが、庭の片側は裏路地に面している。だから道ゆく人や散歩途中の犬も立ち入ることが可能なのだ。

わたくしをつと仰ぎ見、緋桜が竹箒を両腕で握りしめたまま、枝の根元についた蕾に誘われるように近づいた。そのまま幹の脇に立つと、彼女の全身が枝の傘に入った。見上げる細い枝の向こうに広がるのは、淡い水色の空だ。

「わ、すごく膨らんできた。そろそろ開花宣言してもいいかなあ」

蕾がぷっくりと丸みを帯びているのを認めると、嬉々とした表情で枝の傘を抜けた。

蕾が膨らんでいるとはいえ、まだ花は開いていないのだから、宣言には早かろう。気がせくのもわからなくはないが、もうちょっと、そう、あと数時間待ってもらいたい。

わたくしがそんな助言をどうにか伝えられないものかと考えあぐねていた矢先、屋敷の入り口に人の姿が見えた。

「おはようございます」

古い板ガラスの嵌まる玄関先で潑剌(はつらつ)とした声をあげているのは、都子(みやこ)だ。駅前の大通りで花屋を経営している。腕に抱えた枝は、小柄な彼女の背丈を超え、頭の上までのびている。

「庭にいまーす」

緋桜が背伸びをしながら上体を左右に揺らし、口元に両手を当て、大きな声を出す。

都子はその声にさっと身体を翻(ひるがえ)し、庭に続く木戸を慣れた調子で開けた。

「ねえ、都子さん、見てくださいよ」

挨拶もそこそこに、緋桜がわたくしの前へと都子を手招きする。

「ほら、もうすぐ」

枝を差し、自分の手柄かのように、にんまりした。

「ホント。いまにも咲きそうねえ」

緋桜よりも五歳年上の都子が、甘いキャンディーを頰張ったような表情を見せている

緋桜に目を移し、

「いよいよ春本番ね」

と微笑む。

頷いた緋桜が、都子の抱えている紙包みに気づき、ようやく我に返った。

「あ、お花。いつもありがとうございます」

「今日は枝物をお持ちしたの。ちょっと地味かな、と思ったんだけど、お庭が華やかになるのならちょうどよかった」

そんなことをいいながら、二人は連れ立って屋敷の中に入っていった。

『キャフェ　チェリー・ブラッサム』の店内の花は、セレクトから活けるまでを都子に任せている。彼女は二週に一度くらいの頻度で訪れ、花の入れ替えをしていく。今日持参したのは、楕円の葉に、くるりと丸い花をつけたボケ。ボケにはピンクや赤、紅白のしぼりの花もあるけれど、彼女の腕から覗く枝にぽつぽつと咲いているのは、真っ白い花だ。抑えた色味を選んだのは、庭で間もなく花を開かせるだろうわたくしに配慮してのことのようだ。

「今日のお菓子、知りたくないですか？」

ボケの枝に鋏を入れながら、細い首に対し豊かな膨らみを持つ青磁の壺に活けていく都子に、緋桜が蓋をした漆の重箱を手に近寄る。

「さては、とっておきを用意したんでしょ。当ててみましょうか」

「どうぞ」

緋桜が早く披露したくてならないのか、うずうずと体を揺らす。

「桜餅。当たりでしょ」

この季節なら間違いなくそうだろう。緋桜は、うんうんとにこやかに頷いたあと、よほど嬉しいのか、じゃーん、と効果音を交えながら、重箱の蓋を開けた。

溜め塗りの重箱の内側は朱赤。そこに桜の葉が巻かれた淡いピンク色の菓子が並ぶ姿は、なんとも愛らしい。

「美味しそう」

春らしいわね、と最初にいわなきゃいけないのに、つい、ね、と都子が頬を緩める。

「はい。道明寺製の桜餅です」

緋桜が応じた。蒸したもち米を干し、細かに砕いたのが道明寺粉だ。粒々の見た目と食感が特徴で、桜餅やおはぎに使われる。

「桜餅って関西風とか関東風とかって違いがあるんでしょ」

都子が鋏を動かす手を止め、身を乗り出す。これでは字面通りの花より団子、だ。

「道明寺粉を使ったものが関西風ですね。関東風は水溶きした小麦粉を焼いて皮を作り、くるっとクレープみたいに餡を巻くんです」

どちらも好みの問題だ、と説明する緋桜に、都子が悪戯っぽく目を輝かせる。

「ねえ、緋桜さんは桜の葉っぱを食べる派？　それとも残す派？」

桜餅は関西風であれ関東風であれ、桜の葉の塩漬けに包まれている。葉の塩っけと香りが餅に移る。葉を外し、中の餅だけ食べる人もいるし、葉と一緒に餅を食べる人もいる。それこそ好みの問題なのだが、緋桜は一瞬の間も置かず、

「私は食べる派。だって美味しいですもん」

といい切った。

私は残す派、と笑った都子が、

「花だけじゃなく、葉っぱまで楽しめるだなんて、桜ってすごいわね」

と感心する。褒められて恐縮するが、それも事実だ。

菓子や料理に使う桜の葉の塩漬けに向いているのは、自生種のオオシマザクラの若葉。柔らかい葉の特性が活かされる。塩漬けにすることで、独特の香りが作られるのは、どの桜の葉も同じだが、ソメイヨシノの葉は硬く、食感が悪い。もちろんそこまで理解しているかどうかわかりかねるが、緋桜が開け放した玄関から庭のわたくしに目を注ぐ。

釣られて顔を上げた都子が、

「あの桜は自生種よね。ヤマザクラ」

と、花屋らしく正確に品種を口にした。

「はい。もうずっとここの庭に立っているんですよ」

ずっと、というところに特に力を込めた緋桜の言葉が、わたくしに届くと、不思議と

身体の奥があたたかくなった。次第に何かをぎゅっと押し出す感触を覚えた。

ガラス窓を通し、日差しが店内の奥まで降り注ぎはじめた頃、玄関に三人連れの若い女性客があらわれた。

平日の昼間だ。仕事のやすみを合わせてこの店まで足を運んだのだろう。まだ開店時間の数分前にもかかわらず、楽しげなおしゃべりが聞こえる。それもこの時期には珍しくない光景だ。ふだんは暇な時間のほうが多いこのキャフェだというのに、春先に限っては開店を待って、何組かの客が列を作ることすらある。

「こんにちはー。あのー。もうやってますかぁ」

賑やかな客の声に、

「大変。もうこんな時間」

緋桜がパタパタとたてるスリッパの音が聞こえる。忙しい一日になりそうだ。

芽生えた力が、湧き出るように枝へと抜けていく。どうやらわたくしの花が開きはじめたようだ。

「わあ」

店内に入った客が、窓越しに庭を見て、感嘆の声をあげると、緋桜が誇(ほこ)らしげに声高らかに宣言した。

「開花です。今年の桜、咲きました」

*

花冷え、花曇り、そして花散らしの雨。どれも桜の開花時期の天候を表現する言葉だ。こう並べてみると、この時期は過ごしやすい気候のほうが少ないのではないか、と危惧してしまうほどだ。寒さが身に堪(こた)えるのか、犬を連れた老人もここ数日は見かけない。わたくしの身体もこの寒さで、すっかり冷えてしまった。枝をぶるぶると震わす。

「寒いよお」

緋桜の吐く息が白い。そろそろ片付けようかと巻いていたコードをほどき、ヒーターに電源を入れる。カウンターには青みがかった紫色のスミレが活けられている。花器に使っているのは、白地に青色の絵が染付されたアンティークのコーヒーカップ。

都子に教えられたとおり、霧吹きで水をやると、可憐なスミレが濡れそぼった。おじぎをするかのように花弁を俯(うつむ)かせるその姿は寒々しく、外に立っているわたくしにもどこか似ている。

けれども、寒さを憂(うれ)えてばかりいる必要はない。なぜなら、この気温の低下のおかげで、花が一気に咲ききることがないからだ。

温暖な気温が続くと、桜は通常開花してから約一週間で満開を迎える。満開の期間はおおむね十日程度だといわれている。けれどもこうも寒い日が続くと、定石(じょうせき)どおりにはいかない。すでに開ききった花もあるけれど、枝の陰になったところなど、まだ蕾が綻んでもいない。いましばらくの間、楽しんでもらえそうだ。

花の命は短い。そんな表現もあるけれど、わたくしからすれば、花の命はわりと長い。もちろんすごく長くはない。けれどもあっけない、と嘆いてしまうよりも、こんなにも長いのか、と想像を膨らませれば、同じ時間の長さだとしても、違って感じられるのではないか。儚(はかな)さに目を向けるのもたまにはいい。けれども短い命にばかり気を取られていては、もったいない。

それに咲くものはやがて散る、そして散ってこそ、次の季節が訪れる。絶えずに生きていけるのは、この循環があればこそなのだ。

人間は去りゆくことばかりに目をやるが、過去があるから未来がある。果たしてそこに気づいてはいるだろうか。今日という日は脈々と続く時間の途中。日々はそうやって成り立っているのだと。

曇った空から、冷たい雨がいまにも落ちてきそうな午後だ。灰色の空気が屋敷を包み込んでいる。つかのま緋桜も外の風音に耳を傾け、重箱に和菓子を移していく。箸(はし)を上げ下げする仕草ですら音が響くのではないか、と思うほどにしんと静まり返っている。

今朝も緋桜は寒空の中、和菓子を調達しに出かけていた。これまでも手伝いのスタッフを雇おうか、と思ったこともある。たった一人で準備から接客、片づけまでのすべてをこなすのはそれなりに大変だ。開店前の買い出しや掃除を請け負ってもらえたら、ずいぶんと助かるだろう。母親や客と交わすそんな会話を幾度となく耳にした。けれども緋桜は相変わらずひとりで切り盛りしている。おそらくそのほうが彼女にとっては気楽なのだろう。

「よし」

菓子の収まった重箱の蓋を閉じたその頃、玄関先では、四、五十代くらいの男性と女性のふたり連れが、薄手のコートを掻き合わせながら、興味深そうに屋敷内を覗いていた。

「いらっしゃいませ」

来客の気配に気づき、緋桜が顔を出すと、

「あの、はじめて来たんですけれど」

と男性が戸惑った表情を見せた。

「おふたりですね。どうぞ、お入りください」

まごつくふたりに、

「靴は下駄箱に入れていただいて、こちらに」

と緋桜がにっこりしながら客用のスリッパを出すと、緊張が解けたのか、先に立って案内する緋桜に、女性が親しげに話しかけてきた。

緋桜の母親の櫻子がレストランにする際に、土足で入れるようにと床を板張りに改装した。祖母の代の頃同様に、玄関先で靴を脱いであがるスタイルに戻したのは、すこしでもくつろいでもらいたい、という緋桜の想いからだ。外履きからスリッパになった途端、客の顔が解ける。その瞬間が緋桜は嬉しくてならない。

「素敵なお屋敷。やっぱり来てよかった」

イントネーションに訛り(なま)のようなものを感じ、緋桜が振り向く。客を確かめ「あら」と目を丸くし、

「お茶や和菓子、お好きなんですか」

と今度は緋桜が顔を綻ばした。

「はい、とっても好き」

と女性が深く頷くと、

「そうなんですよ。彼女、僕なんかよりもずっと日本文化に詳しくて。この店も妻が見つけたんですよ」

と男性が続けた。和菓子を提供しているカフェをインターネットで検索していて、たまたまヒットしたようだ。

「ご出身はどちらの国なんですか？」と緋桜が聞いているところをみると、妻は外国人なのだろう。とはいえ、そういわれなければわからないくらいに流暢（りゅうちょう）に日本語を操る。しかも日本文化にも造詣が深いとくれば、未熟者の緋桜なんかよりもずっとベテランだ。

廊下を進みながらも、都子が活けた花の名を口にしたり、茶や菓子のことを興味深そうに尋ねたりしている。

「雨でも降り出しそう」

窓の外を見る。同時にわたくしと目が合い、

「せっかく咲いたお花が散ってしまうわ」

寂しそうにそんなことまでいう。

二階にのぼる階段は、艶やかに磨（みが）かれている。もっともそれは緋桜の日々の掃除のおかげだけではない。使ってきた年月がそうさせているのだ。足を運ぶごとに、ミシッミシッと控えめな音を立てた。

「お部屋が三つあるんです。いまはほかにお客さまもいませんから、お好きにお選びいただけますよ」

洋間が二部屋に和室が一部屋。角部屋が桜、その隣が日扇(ひおうぎ)、和室には麻の葉、と室名が付けられている。部屋の名は祖母の八重が切り盛りしていた宿の頃から変わらない。洋間にはテーブルと椅子が並び、それぞれ二、三組を同時に案内できるようにはなっているけれど、桜の見頃の週末を除けば、満席になることは稀(まれ)だ。

ひとつだけある和室は、八重が趣味にまかせてしつらえた小間の茶室。ここはさすがに一組限定となる。

レストランだったときも、この和室だけは畳敷のまま残し、履き物を脱いであがってもらっていた。当時は結婚前の両家の顔合わせの席などにも使われていた。

こぢんまりした部屋ではあるけれど、日頃は、茶室の風情(ふぜい)を残しているこの部屋を好む客も多い。しかし、桜の咲くいまの季節だけは不人気だ。明かり取りとしての窓があるだけで、しかもそれは障子で覆われている。できれば、庭で咲き誇るわたくしを眺めながら過ごしたい、という客がほとんどだからだ。庭に大きく開いた窓のある洋間を、ほぼ全員が選ぶ。

くだんの夫婦も、

「しっとりしてここも素敵」と妻は迷っていたけれど、

「正座でお茶を飲んだり、お菓子をいただくのは憧れるのに、どうしても痺(しび)れちゃうのです」

とはにかみ、結局は角部屋で二方向に窓のある桜の部屋を選んだ。猫足の丸テーブルを、グリーンの花柄がデザインされたひとりがけの肘掛け椅子が囲む。ふたりがほどよい弾力のクッションに腰を落ち着けたのを見計らって、緋桜がオーダーを取る。

「メニューは季節の和菓子とお茶のセットになります。お茶は、ほうじ茶、煎茶、抹茶からお選びいただけます」

注文を取り終えた緋桜は、客間を出ると、艶光り(つやびか)する廊下をパタパタと足音をたてて歩き、階段の手すりに右手を添える。それから一段一段、用心深く階段をおりていった。


緋桜が出ていくと、桜の部屋には束の間、静寂が訪れた。

席を離れ、窓の前に立つ男性の横に並び、女性も視線を外にやる。わたくしをちらりと見たあとは、曇る空を、しばらくふたりは黙ったまま見上げていた。やがて女性がふと顔を男性に向ける。

「知ってる？ この時期の気候のことを菜種梅雨(なたねづゆ)って呼ぶのよ」

「菜種梅雨？」と口にし、聞きなれない言葉に男性が首を傾げる。

「さすがに梅雨にはまだ早いんじゃないのか？」

ここ数日、この曇天続きだ。いったん雨が降り出すと、しとしとと絶え間なく続き、その様は確かに夏のはじめの雨の季節に似ている。

「だから菜種梅雨。菜種っていうのは菜の花のことよ。菜の花が咲く頃に降る雨だから、というのが語源。春先に冷えるのも花の成長を促すためなの」

女性が余裕のある笑みを見せる。

「なるほど。三寒四温っていうからな」

男性が納得して頷くと、女性が人差し指を立て、左右に振る。

「違う違う。三寒四温って言葉は、遠い春に使うもの。冬の季語よ」

「詳しいなあ。エラには敵（かな）わないな」

男性が感心する。

「この間、本屋さんで美しい表紙の本を見つけたの。季節に沿った言葉が並んでいて。それに書いてあったのよ」

「歳時記かな。本当に勉強熱心で立派だよ」

「立派だなんて……」

女性が首を振って顔を伏せ、ただ好きなだけよ、と続けた。

一階に降りた緋桜はキャッシャーカウンターの裏をまわって厨房に入る。母親の代のときのレストランの厨房を、茶が用意できる程度のコンパクトなサイズに改装した。ガラスの嵌まった木製の棚にはそれなりの数の食器が積まれているが、それ以外は一般家庭の台所とさほどの違いはない。かろうじてそれなりの形を為しているのは、保健所の指導で、シンクが二槽、手洗い場所が二ヶ所、それに業務用の冷蔵庫も置かれているからだ。

「お抹茶おふたつ」

まるでスタッフにオーダーを通すかのように、たったいま受けてきた注文を口にするけれど、もちろんスタッフなどいない。注文が重なると、注文書に書いていても混乱することがある。間違いのないよう、自分に言い聞かせるための緋桜なりのマニュアルだ。

棚から抹茶茶碗を二個、両手を添えて取り出す。茶を用意したり、湯を注いだりする音のあと、シャッ、シャッ、と茶筅（ちゃせん）を振る小気味いい音が厨房を包み込んだ。

抹茶と菓子を載せた盆を手にし、緋桜が階段をのぼる。窓越しにからだを固くして佇（たたず）んでいるわたくしを見遣った。

緋桜が部屋に入っても、夫婦は立ちあがって窓の外を眺めていた。

時折、強い風に吹かれ、咲き切った花びらが散っていく。舞った花びらが窓に貼り付いた。細かな雨が降りはじめていた。

「雨の中で見る桜もいいわね」

女性がうっとりとした眼差しを見せる。

「風情があるねえ」

男性が朗らかに笑った。

「寒くないですか？」

とエアコンのスイッチを入れようとするも、

「花冷えも心地いいです」

と女性がいう。巧(たく)みに操る日本語に緋桜が目を見張っていると、三寒四温っていうのは、もう少し前の季節に使うんだ、なんて教わったりしていたところなんです、と男性が楽しげに口にした。

ひとしきり窓の外の景色に思いを寄せた彼らが椅子に座ると、緋桜が菓子を出す。淡いピンクに色付けした白餡がきんとん状に裏漉(うらご)しされ、中の餡を包み込むようにこんもりと丸く盛られた生菓子だ。

鎌倉彫りの器に、控えめな薄桃色を見せている。

「なんて美しい」

女性が目を見張る。

「けぶる雨に濡れる桜の木を模しているんです」

和菓子店で聞いてきた菓子の由来を説明しながら繊細なきんとんが毀(こわ)れないよう、ゆっくりとテーブルに置くと、

「繊細ですなあ」

男性がしみじみと感心した。

「お茶碗も綺麗」

女性が抹茶碗を覗き見る。

「萩焼です」

ほんのりと薄い桃色の釉薬がかかったこの茶碗を、いまの季節、緋桜はよく使う。桜の色に準(なぞら)えているようだ。

「僕、抹茶の作法が全然わからないのですが。茶碗は回すんでしたっけ」

と頭を掻く。

「茶会ではありませんから。お作法は気になさらず、どうぞお好きに楽しんでください」

それでもおどおどとするふたりに、緋桜が悪戯っぽい笑顔を見せる。

「実は私もお抹茶はちゃんとお稽古していないんです。見よう見真似なんですよ」

「そうなんですか」

驚きながらも、男性がホッとしたのか、寛(くつろ)いだ笑みを見せた。

「でも季節感があってどれも本当に素敵」

女性の評価がくすぐったいのか、緋桜が照れ臭そうに、「ただ好きなだけなんです」と消え入りそうな声を出した。

「それが一番じゃないですか？　好きだってことが」

そう口にし、男性が女性にあたたかな眼差しを向ける。そして、

「な」

と同意を求めた。女性がふふっ、と小さく笑い声を漏らして、頷いた。

この雨が開花を促し、まだ眠っていた蕾もやがて綻んでいくだろう。春の雨はやわらかく、わたくしのからだに降り注ぐ。絶え間なく。しとしとと。

*

駅からわずかな距離に、寺が点在している。境内の桜の花はいま、まさに見頃を迎えているようだ。境内には早咲きのカワヅザクラからソメイヨシノまでさまざまな種類の桜が植えられている。春先ならいずれのタイミングでも花見を楽しめるとはいえ、やはり一斉に咲き誇る満開の時期を楽しみたいのだろう。この界隈、週末はかなりの人出だったと思われる。

「午前中から花見客で駅がごった返していたんだから」

都子が声を弾ませながらそう話す。鮮やかな黄緑色が映える枝物を、ガラスの花瓶に活けていく彼女もまた、爽やかな薄緑色のワンピースを纏っている。

都子の花屋のある北口がこの駅のメインの出口だ。名の通った老舗(しにせ)の店舗だけでなく、新しい店も連なり、街歩きが楽しい、とメディアで特集されることもある。

一方、『キャフェ　チェリー・ブラッサム』が建つ南口は住宅地だ。観光客目当てのおしゃれな店というよりも住民の日々の暮らしを支えるスーパーや小売店が多い。南口のことを、住民は愛情を持って「裏口」と呼んだりもしている。

だから、このあたりは駅前とはいえ喧騒とはいくぶん離れ、どことなくのんびりした時間が流れている。それでもさすがにこの季節は忙(せわ)しなく過ぎる。

「ここも大賑わいでしょ」

都子に尋ねられ、

「ええ、毎日てんやわんや」

緋桜が汗を拭(ぬぐ)う仕草をみせ、苦笑する。『キャフェ　チェリー・ブラッサム』も連日、たくさんの客で賑わい、開店の十二時から閉店の十八時まで、客足が途切れることがない。もちろんその「てんやわんや」の原因は庭で満開の花を咲かせているわたくしなのだから、弁解のしようもない。

「賑やかなのもありがたいけど」

都子は、端正な枝を器用に花瓶に入れていく。

「忙しすぎも、ペースが乱れちゃって参るわ」

人が来なければ来ないで困るのに、来たら来たでうんざりしちゃうだなんて、こういうの、贅沢(ぜいたく)なわがままっていうんでしょうけど、と肩を竦(すく)めるが、緋桜は大きく頷く。

「何もないことのありがたさを実感しちゃいますよね」

玄関の脇の棚に活けられたばかりの花に目をやる。軽やかな黄緑色と白のコントラストが美しい。

「このお花、花びらの先が上品なフリルみたいでかわいい」

緋桜が枝の先端で反(そ)るように平たく開いている白い花弁を指差す。

「ハナミズキ」と街路樹にもなる花名を述べたあと、

「これ、花びらに見えるでしょ。でも実は花はこっち」

都子が、真ん中で鼻先のようにくっとのびている黄緑色の部位を指す。それを取り囲む白い弁は苞葉(ほうよう)、つまり葉の一部なんだと説明する。

「こうして蕾や小さな花を守っているのよ」

と教わると、途端にそれらが健気に見えてくる。

「華やかな彩りを見せるそぶりで、実はちゃんと小花を保護しているんですね。さりげなさがカッコいいです」

植物の生き様に感心する緋桜に、ほんとにねえ、と頷く。都子は切り落とした枝をまとめながら、肩を落とす。

「人間と大違いよね」

スマートフォンの画面で指を動かす仕草を見せ、苦笑いをする。

「どうしてみんな、これ見よがしに自慢をしたがるのかしら。ＳＮＳを開くと、私すごいでしょ、こんなにしているのよ自慢のオンパレード」

便利そうなツールも使い方を違えると、他人を傷つけたり自己を過度にアピールし、見るものを不快にすることにもなる。

「そうやって主張しないと、置いてきぼりをくう、って考えるのかもしれませんね」

緋桜はため息を漏らす。この週末も屋敷内のどこからもシャッター音が聞こえ、鳴り止まないこともあった。もちろん自分の記録としてや、あとで見直してその日の楽しかった思い出に浸るという活用もするだろうし、それはとても意味のあることだ。都子の活けた花にも多くのカメラが向けられていたけれど、

「花なんて、目で見ないと見えてこないものもあるのに」

写真に収めるだけでなく、心に留める余裕を持ってほしい。花屋の都子の願いだろう。

活け終えたばかりのハナミズキに都子が目をやり、

「なんだか歯痒(はがゆ)いわね」

と、疲れたようなため息を漏らした。

人はいつの間にそんなふうになってしまったのだろう。控えめなことだけが美徳では

ないにしろ、実績を披露する必要などあるのだろうか。自らのすべきことを、ただする、それでいいのではないか、とわたくしは思う。

「忘れるところだった」

と、大きなバッグを引き寄せた都子から、ずしりとした重みとともに緋桜に紙袋が手渡される。見てみて、と促され、袋に手を入れる。包まれていた新聞紙を外す緋桜が、感嘆の声をあげた。

「わ、立派なタケノコ」

黒々とした皮のついたタケノコが三本。収穫したばかりなのか、ほどよい湿気を帯びていた。

「実家の母のお友達が山持ちでね、毎年いただくの。お裾分け」

新鮮なので生でも食べられる、と説明を受け、緋桜はご馳走さまです、と頭をさげながらも、

「今夜は父に腕を振るってもらおうっと」

両親の喜ぶ顔を思い浮かべる。

「いいなあ。緋桜さんのお父さんはプロのシェフですもんね」

両親が経営していた当時、レストランに何度か食事に訪れたことを懐かしそうに話し

ていた都子が、ふと改まった表情を見せる。

「そうそう。緋桜さんにお知らせしなきゃいけないことがあるのよ」

都子の落とした声に、緋桜は菓子を重箱に移す手を止める。

「実はうちの花屋ね、引っ越すことになったの」

店舗の契約が切れるのがきっかけだが、事業が軌道に乗るにつれ、少し手狭に感じはじめたのだという。

「ええ? いつですか?」

緋桜が支配人になったときにはすでに都子の花屋は駅前にあった。移転時期を聞くと、転居先の店舗の改装工事が済み次第だという。

「いまの物件は、事情を話して少しだけ延長してもらったのよ」

契約を延ばしたとはいえ、夏には完全に引き払わなくてはならないという。

「お引っ越し先はどちらに?」

思わず質問を重ねる。花入れをお願いするのに、あまりに遠方では頻繁に来てもらうのは申し訳ない。おずおずと尋ねると、都子がふっと笑う。

「山道を登ったところ。ここまでは歩いてでも来られるし、車を使えば五分もかからないわ」

駅前の通りを北に向かうと、緩やかなのぼり道が続く。標高はさほどではないけれど、たった数メートル上っただけで、街中とは景色が変わる。わたくしの仲間もいるけれど、気温や日照時間の違いで、開花時期は数日ずれる。

「よかったー。都子さんが遠くに行っちゃったら困りますもん」

わかりやすく緊張を緩めた緋桜に、

「今度のところはね、古いんだけど、いまの店舗の三倍くらいの広さがあるの。ワークショップやイベントをやったりね、誰かと店をシェアするのもいいな、なんて思っているのよ」

と、晴れやかな表情を見せる都子は、すでに新店舗での構想があれこれあるようだ。

「楽しみですねー」

緋桜も浮き立った気分になる。

「ごめんください」

玄関からの声に、

「はーい。いらっしゃいませー」

慌ててレースのエプロンを手にし、磨き上げた廊下を走る緋桜の姿に、

「新しい店舗で、いつか、緋桜さんの出張カフェなんかもできるといいなあ」

都子はそんなことを呟き、花鋏をバッグに仕舞った。

*

「ほい。バルサミコかけてな」

父の指南に従い、緋桜はこんがりと焼き色をつけたタケノコにバルサミコ酢をたらりと回しかける。

「おお、爽やかあ。このハーブはいったい何？」

パクつきながら母の櫻子がキッチンに立つ父の背中に声をかける。

「どれ？」

振り向く父に、櫻子がタケノコの上に散らされた緑の葉を箸で摘んで見せる。

「イタリアンパセリ。香りが強くないから、タケノコの味を邪魔しないんだ」

「ほおほお」

どこまで理解しているのかわからない調子で適当に相槌を打つ母親に、

「お母さん、いつも食材のこと聞くけど、ちっとも覚えないよね」

緋桜が呆れる。

「あら、そういうけど。美味しく食べてもらえるのがシェフにとっては一番の喜びじゃない？」

と真っ当なようなセリフで纏めてかかる。天然、と呼ぶにふさわしい櫻子の性格が、おそらくこの家を平穏にしているのだろう。緋桜も旺盛な母の食欲につられ、タケノコのグリルを口に運ぶ。

「わ、美味しい。春野菜らしい苦みがバルサミコの酸味とミックスされて、淡白なのに飽きがこない」

「どんどんいけちゃうわね」

ふたりの箸が止まらないのを見兼ね、

「おいおい、俺のも少しは残しておいてくれよ」

父が苦笑し、揚げたてのタケノコの天ぷらを食卓に運ぶ。

「衣に味をつけてあるから」

というとおり、からりと揚がった天ぷらからは、仄かな海苔（のり）の風味がする。

「中はまだフレッシュ。瑞々（みずみず）しいじゃないの」

一口齧（かじ）った母が、箸の先の天ぷらに見開いた目を落とす。

「採れたてみたいだから、刺身でも食べられるくらいに新鮮なタケノコなんだよ」

そういえば、都子が渡してくれるときに、そんなことをいっていた。

「タケノコっていっても、いろんな調理法があるもんだねえ。意外と万能な食材でびっくりしちゃうな」

櫻子と緋桜が感心していると、

「けど、結局はこれが食べたいんだろ」

と、食卓の真ん中にでん、と土鍋が置かれる。蓋を開けると湯気が広がり、

「やったあ、タケノコご飯だ」

感嘆の声に迎えられ、父も満足げな笑みを漏らした。

「お父さんのタケノコご飯って絶品なのよねえ」

ほくほくしながら櫻子が率先して取り分けたかと思うと、

「このシャキシャキ感」

とすでに茶碗の中ほどまで空になっている。

「タケノコは米と一緒に炊き込まずに、煮込んでおいたものをあとから混ぜるんだ。だから食感もちゃんと残っているんだよ」

父がレシピを説明している先から、おかわりをよそっている。

「お母さんは食べる専門だね」

父に目配せすると、

「キッチンは一人にまかせたほうが家族が平和なのよ。知らないの？」

などと真顔で訴えてくるところも、櫻子らしい愛嬌だ。

「おかげで私もお母さんも料理はからきし、だもんね」

緋桜が肩を竦める。

「お父さんがシェフ、私が支配人。役割分担がはっきりしている、って褒めて欲しいわよね」

心外だと口を尖(とが)らせる。

「お母さんが料理が苦手だったから、仕方なく支配人をやった、の間違いじゃなく？」

と緋桜が意地悪をいってみても、もちろん我関せずの様相だ。

「だって、前の支配人がおばあちゃんでしょ。娘の私が継ぐのが当然よ」

世襲よ、世襲、といってから、

「だから緋桜に譲ったじゃないの」

櫻子の調子に乗せられると、全て彼女が正解に思えてくるから不思議だ。流されそうになるのを懸命に堪え、緋桜は訊く。

「『チェリー・ブラッサム』の支配人は代々女性に限っているってこと？」

しばらく首を捻(ひね)っていた櫻子だが、

「そういうわけじゃないけど。必然的に、かしらね」

そこまで深く考えたことはなかったな、と呟くと、再び箸を進めた。

界隈のお祭り騒ぎのような賑わいも、花の終わりとともに落ち着きを取り戻し始めてきた。やがてあれはなんだったのだろうか、というような静かな日常が戻ってくる。ヤマザクラの見頃はソメイヨシノよりも少し遅れるが、さすがにわたくしも花よりも葉が目立つようになってきた。

庭先で柴犬がくんくんと臭いを嗅ぎまわるのを見守る老人の肩先に、花びらが一枚落ちた。指先で摘みあげ、目をわたくしに移す。

それは寂しそうでもあり、また何かを遂げた達成感のようにも見える。人は桜が散る瞬間に、終わりのある人生に思いを馳せる。そして自分の力ではどうにもできない限りある人生を憂えていく。

＊

彼らが去ると、しばらくはゆるやかな静寂が訪れる。まもなくのち、緋桜がいつも通りやってきて、庭掃除がはじまる。散った花びらが竹箒で集められると、そこに桜の木が映し取られたようにも見える。

ちりとりで纏めていると、

「お待たせさん」

声の主は櫻子だ。手に臙脂の風呂敷包を抱えている。

「ありがとー。助かったよ」

緋桜が礼を述べるのをはいはい、とあしらって、

「さすがの花も終盤ね。〆の桜餅ってとこかしら」

と、わたくしを見て、そんなことをいう。

この季節、緋桜はさまざまな菓子を用意はしていたけれど、やはり断トツで多かったのが桜餅だ。当然、客にも人気がある。関東風や関西風、菓子店を変えつつ、とあれこれ選んでいたようだ。そんなシーズンもいよいよ終わりに近づいてきた。おそらく、今日は櫻子の出がけに、生菓子の買い出しを頼んだのだろう。

「おかげで庭掃除が捗りましたよ」

と緋桜が箒を立てると、

「この時期は掃いても掃いても終わりがないでしょ」

と珍しく前支配人らしいことを口走る。そういっているところを申し訳ないと思いつつも、掃き清めたばかりの庭にわたくしの花びらがはらはらと舞いおりていく。

風呂敷で包んだ菓子箱を手渡した櫻子が、にやりと笑う。

「ねえ。ちょっと多めに買ってきたから、一緒に食べない？」

最初からそのつもりだったようだ。

「いいねえ」

と緋桜も頰を緩め、母親を屋敷へと導こうとするが、彼女はすっかりわたくしの根本に腰をおろしていた。

「ここでいいのよ。庭の花見」

膝を三角に立てたいわゆる体育座りの姿勢で、わたくしの散り際の花を見上げる。促されて隣にぺたりと座り込んだ緋桜が、母親と同じ角度で顎を上げ、

「もうちょっと咲いていたらよかったね」

と残念がりながら、菓子の包みを解く。

「なにいってんの。いまだからいいんじゃない。盛りの時期って雨も多いし、意外と寒いし、想像するイメージ通りに外でゆっくり、ってならないのよ。なんせ慌(あわた)だしいじゃないの。その点、花の終わり頃は落ち着いていて気持ちいいんだから」

櫻子が買ってきたばかりの桜餅を口に運び、美味しいね、とにっこり笑う。

「なるほど」

人はこぞって花が咲くのを愛でる。もちろんそれはそれでありがたいのだけれど、桜の美しさはそれだけではない。満開の桜の下で宴(うたげ)を楽しむのはもちろん素晴らしい。けれども散り際にも楽しみはある。

表だった長所だけでなく、別の側面でのよさを他人にも物事にも見出せたのなら、人生はより豊かになるのではないか。わたくしがそんなことを考えている間も、ふたりは楽しげに会話を進めていく。

さあっと風が吹き抜けてゆき、わたくしの葉を揺らす。緋桜と櫻子の頭に花びらが落ち、顔を見合わせる。

「名残の桜ね」

ふたりが同時にすっと息を吸い込んだ。

「ここ数日バタバタしていて、そういえばちゃんと息をしていなかったよ」

風は生温く、新緑の季節が近づいていることを教えてくれる。それに付いていくことばかりを考えると、まわりが見えなくなる。風の声を聞いて、葉の揺れる音に身を任せることの大切さを忘れてはならない。

自然に思いを寄せると、思いがけず広がりができる。緋桜はその喜びを感じながら、春から夏へ向かう風を身体いっぱいに浴びていた。

「さ、支配人さん。そろそろ開店でしょ。お仕事がんばってね」

肩に手を置いて、櫻子が戻っていく。後ろ姿に、

「先輩、どうもです」

と、小さく頭を下げたのが、わたくしからはもちろんちゃんと見えていた。

*

「お煎茶とほうじ茶おひとつずつ」

いつものように、緋桜はオーダーを復唱しながら、お茶の準備をしていく。

煎茶は湯温をさげて淹れる。煎茶特有の旨(うま)みを惹き出すためだが、ほうじ茶は香りを立たせるために熱湯を使う。

午後三時過ぎに訪れた客は、女性ふたり連れだ。ひとりは大柄で、緋桜とさほど変わらない年齢だろうが、もうひとりは痩身で白髪まじりの髪を見るに、やや年上だろうか。ただ、くだけた会話から、気の置けない友人同士か、あるいはそうでなければどんな関係なのか、と、緋桜はぼんやりと考えながら準備をすすめていく。

オーダーのときの様子を思い出す。

「ほうじ茶ってカフェインないんですっけ」

緋桜と同世代らしき大柄な女性が尋ねた。

「焙(ほう)じることで、ある程度は飛んでいますが、完全にノンカフェインではないんです」

デカフェと呼ばれるカフェインレスのコーヒーなども人気だと聞く。健康に気遣っている人やオーガニック志向の人だけでなく、妊婦や病気を抱えている人にも嬉しいだろう。

ほうじ茶も、カフェインが少ないため、寝る前のお茶として子どもや老人にも重宝される。

「大丈夫？」

緋桜の返事を聞いて尋ねると、瘦身女性が、

「うん。ありがとね。カフェインもある程度なら問題ないの」

と柔らかな笑みを見せ、

「私はほうじ茶、お願いします」

と、緋桜に声をかけた。

「大変だったね」

緋桜が席を外す前、気遣う声に、

「もう大丈夫だから安心して。薬はまだ飲んでいるし、定期的な検査も必要なんだけど」

と続いた。

「でもよかった。元気そうでホッとした。またこうして出かけられるようになるなんてね」

会話から推察するに、ほうじ茶をオーダーした彼女は病み上がりなのだろう。どんな病気だったのかはわからないが、外でお茶できるまでに回復したのだ。

緋桜は再会の場にこの店を選んでくれたことに感謝しながら、丁寧にお茶を淹れようと、厨房へと下がった。

会話が途切れると、客のふたりの目は自然と窓の外のわたくしへと移る。

「花吹雪」

そう口にする痩身女性の口調はきりりと凛々しく、同時にまるで時代劇の決め台詞のようで逞しさすら覚える。

花吹雪——。なぜ、桜なのに吹雪という表現を使うのか、不思議に思うだろう。桜の花びらの落下スピードは秒速五十センチから一メートルといわれている。それは雪が地面に落ちる速度とほぼ同じだからだ。

「散る姿も潔いものね」

大柄女性が目を細める。時折の強い風に吹かれ、花びらが舞い、何枚かは窓を叩いた。

盆に茶と菓子を載せ、緋桜が戻ってくる。

「桜餅です」

サーブすると、案の定、驚きの声があがる。

「え、葉っぱだけ？」

拍子抜けしたのか、ふたりとも目をくっと寄せている。デパートやスーパーの売り場で見かけるピンク色の餅が桜の葉でくるりと巻かれた姿を想像していたのだろうに、白磁の薄い小皿に置かれた菓子は、数枚の大ぶりの桜の葉に覆われ、中の餅が全く見えないのだ。

桜餅には道明寺粉で作られた関西風と、小麦粉で作る関東風があることは、以前、都子への説明でわたくしも耳に入れていた。けれども菓子は作り手により、さまざまに形を変える。そこが面白い。特に和菓子の、季節の風景を模し、趣向を凝らしていく様は、風情にも準えられる。

「餡入りの餅を、三枚の桜の葉で包んでいるんです」

自信を持って伝えているのは今朝、母の櫻子と試食済みだからだ。餅は小麦粉を原料にしているのだから、関東風と括ってもよかろう。桜餅の元祖のかたちだ、という緋桜のまどろっこしい説明を、しかし客のふたりは興味深そうに聞く。

「桜の葉に包まれているなんて、なんだか奥ゆかしいわね」

大柄な女性がそういい、

「密やかな美しさよね。中のお餅もピンクじゃなくて白いのね」

と葉の奥を覗いた。

「大きな桜の葉っぱを三枚も使っているなんて、贅沢よねえ。なんだかラッキー」

とけたけたと声をあげて笑う痩身の彼女を、目を細めて見つめる眼差しはあたたかく、きっとふたりは心の通じ合う親友なんだな、と見ているわたくしまでが幸せになる。

「ごゆっくりお過ごしください」

緋桜は殊更丁寧にそう伝えた。マニュアル通りではない、心からの想いだとわかってくれるだろうか、傍で見守るわたくしは、そんなことを願っていた。

時が静かに流れていた。

二階の客は、寛いでくれているのか、時折、楽しげな笑い声が聞こえてくる。このまま誰も来ずに、思うままに時を過ごしてほしい、緋桜がそう思ったときだ。

「こんにちはぁー」

玄関先から新規客の声がし、がやがやとあたりが賑やかになった。

お客さんが来なければいい、だなんて客商売失格だな、と右手の拳で頭をコツンとし、気を入れ直し、玄関に向かう。

「わあ、おっしゃれー」

二十代らしき若い女性客がふたり、スマートフォンをあちこちに向けていた。いらっしゃいませ、と顔を出す緋桜にまでたちまちカメラを向けられ、慌てて俯く。

「すみません、写真はちょっと」

やんわりと断ると、

「あ、ごめんなさい」

意外と素直に引き下がった。けれども華やかな彼女たちの雰囲気に、緋桜の心が騒(ざわ)ついた。

二階に案内すると、廊下から外を見、

「やっぱり桜はもう終わりだったかあ。がっかり」

先を歩いていたひとりが大袈裟に肩を落とすと、

「しょぼーん」

うしろの連れも泣きまねをし、悔しそうに顔を歪めた。彼女たちの立てる足音が合図になったのか、先客のふたり連れが廊下に顔を出した。新規客を案内する緋桜に、

「私たちそろそろ失礼しますので。お会計お願いします」

と声をかけてきた。

「お席でお待ちいただけますか」

彼女たちを包む空気を澱(よど)ませたくなかった。緋桜はまずはふたりを部屋へと戻し、続いて新規客を奥の部屋に通した。そのときだ。

「へえ、親子で来る人もいるんだ。私も今度はママを連れてこようかな」

若い新規客の声は、トーンが高いせいで、屋敷中に響いた。

「え、親子？　私たちそう見える？」

戸惑う声は、痩身女性だ。緋桜は、どんな言葉をかけていいのか迷う暇すらなかった。

「お友達同士のおふたり。仲良しで羨ましいですよね」

誰かに告げたかったわけではない。ただ、もう必死だった。彼女たちを傷つけたくなかった。

気に留めることなく、若い客は部屋に入っていく。

いくつもの言葉を重ねても取り返しがつかないように思え、悔しかった。満開の花ではなく、散った花びら。わかりやすい愛らしさではなく、奥ゆかしく葉に包まれた白い餅。そうしたことを豊かだと、美しいと、そう告げられる言葉はどこにあるのだろう。

大柄女性が、友人の細い肩に手を置くと、白くなった髪を揺らしながら寂しげに微笑んで、それでも、

「いい時間を過ごせました」

と店をあとにした。ふたりの後ろ姿が陽炎(かげろう)のように揺れて小さくなっていく。庭で花びらがくるくると小さな円を描く。それはまるで堂々巡りをする自分の思考のようだ。

緋桜は息が苦しかった。

第二章　葉桜

ヤマザクラの葉は開花から満開の頃までは赤褐色だけれど、花が散ると、黄緑から緑へと変色する。やがて美しい新緑が一面に広がる。

柴犬を連れた老人が足を止め、いよいよ繁りゆくわたくしの葉に目をやる。気候が穏やかになったのが嬉しいのか、犬が黄土色の尻尾をぶるんぶるんと振る。リードにひかれたまま幹のまわりをゆっくりと回っているうちに、足取りがどんどん軽くなる。速度があがり、早足になり、やがてぐるぐると駆け回るようになった。

老人はついていくのが精一杯だと苦笑いし、それでも自身も早足になる。老人が犬のリードをひいている、というよりも犬に引っ張られているかのようで、それはそれで微笑ましい光景でもある。

思わず笑いが漏れ、それが葉の揺れへと変わり、ざわざわと音をたてた。

彼らが去った三時間後にいつものように現れた緋桜は、荷物を置くやいなや玄関先にしゃがみ込んだ。掃き掃除に加え、草むしりをするのがこの時期の彼女のルーティンだ。

雑草は抜いてもまた明くる日には新しい草が出現する。日差しが明るくなるにつれ、草木もすくすくと成長していく。抜いていい雑草と、残しておきたい草とを選別しながらだから、毎日の草むしりとはいえ、それなりに時間も要する。

「はあー」

一段落したのか、立ち上がってのびをすると、掃除道具もそのままに屋敷に戻る。やがて右手に竹製の籠、左手には保温ポットを握りしめた姿で、緋桜が庭先に戻ってきた。掃き清めた庭にクロスを広げ腰をおろし、籠から茶器を取り出し並べる。茶葉をいれた急須に冷ました湯を注ぐ。急須をゆっくり傾けると、白磁の茶碗にわたくしの若葉に似た鮮やかな黄緑色の液体が満たされた。

「ま、野点（のだて）？　素敵」

木戸から都子が顔を覗かせた。

「都子さんもご一緒にいかがですか。新茶ですよ」

差し込む光が緋桜の横顔を明るく浮かび上がらせた。

立春から数えて八十八日目を八十八夜と呼び、この頃になると新しく育った茶葉の味や収量が安定してくる。この先は気候も落ち着く、という農業の目安にもなる。のみならず、この日に摘み取った茶葉は縁起がいいのだと重宝される。各地の新茶もいまや最盛期を迎えている。どうりで茶碗の中の色が瑞々しいわけだ。

「喜んで」と都子がにっこり笑ってクロスに膝をつくと、緋桜が茶の準備を進める。

「お菓子もいかがですか」

まるでままごと遊びのように、そそと器をサーブする。籠から取り出した紙箱には紫色の干菓子が並んでいた。

アヤメ、と都子が菓子の意匠を呟いたとき、さあっと風が吹き抜けてゆき、わたくしの葉を揺らした。落ち着くわね、と都子が気持ちよさそうに目を細めたあと、言葉に力を込める。

「自然ってすごい。そのパワーに圧倒されることもあるけれど、いつの間にかちゃんと自らや大切な誰かに寄り添ってくれているのよね」

だからこそ都子は草木にかかわることを生業(なりわい)にしているのだろう、と緋桜は彼女の穏やかな横顔をそっと見る。

「今日はこんな珍しいのを持ってきたの」

脇に置かれた花包みを緋桜に見せる。包みからは黄色いヒゲが覗いている。

「麦、ですか？」

「そう。麦はこの季節に実りを迎えるの。新緑とは真逆。しかもこんな美しい黄金(こがね)色でね」

一面の緑の中で、この黄色が輝いていたら、それはさぞかし美しかろう。しばし想像に浸っていると、都子が続け、

「麦秋(むぎあき)って言葉はこの季節のものなの。麦にとってはいまが秋。みながみな、夏に向かっている一方で、秋を見据える植物もあるのよ」

薫風(くんぷう)に吹かれた彼女の笑顔もまた輝いてみえた。

＊

はっきりしない天気が続くな、と思ったら、案の定、梅雨入りの宣言がなされた。

悪天候では客足が鈍る、と思いきや、そうばかりでもない。

界隈には紫陽花(あじさい)が有名な寺がある。その花の盛りに合わせ、観光客がぐっと増える。紫陽花観賞の帰りに『キャフェ　チェリー・ブラッサム』に立ち寄る人がいるのだ。

緋桜は雨音を耳に入れながら菓子を用意していた。求肥(ぎゅうひ)を砂糖と卵でできた薄いカステラ生地で包んだ鮎菓子だ。焼きごてで目や尻尾が表現された姿はなんとも愛らしく、鮎解禁の時期には、あちこちの和菓子店の店頭で目にする。

セロファンに包まれたパッケージを緋桜が手に持つと、いまにも泳ぎ出しそうにふるふると揺れた。元気よく川で泳ぐ鮎の姿を想像し、大きく育つのだよ、と声をかけたり

している。想像の中の清流の音がやがて屋敷を包む雨の音へと変わる。

雨に包まれた屋敷は、空気の濃度が増すように感じる。これまでこの屋敷が歩んできた歴史が、普段はどこかに潜んでいるのに、ぎゅっと凝縮されてその場に晒されているかのようだ。

キャッシャーのあるカウンターには、都子が活けてくれたガクアジサイの青や赤紫の色が、湿り気のある店内を清々しく盛り立てもし、またしっとりとした風情を醸してもいる。

「山で咲いていたのを、頂戴してきたのよ」

都子がそんなことをいって、大ぶりの筒型のガラスに挿していた。都子のいう「山」とは、駅前の大通りを奥に入った先にある里山のこと、彼女の花屋の転居先だ。

「新しいお店、楽しみですねー」

いそいそと山の花を持参する都子の、浮き立つ気持ちが伝わってくる。

「夏には蛍も見られるみたい。大家さんが教えてくれたの」

都子が大きく見開いた目を輝やかせて話していた言葉を思い出しながら、緋桜はレースのように透けるアジサイにそっと手をやる。それは思いのほか骨太だ。

「そうだ」

あらかた開店準備が整い、ぼんやりとしていた緋桜が、すっくと立ち上がる。ハンカチ大の白いハギレを広げているうちに、開店時刻になった。

緋桜が客を迎えるために席を立ったカウンターの片隅には、小さなてるてる坊主が吊るされていた。吊るしながら、彼女はこんなことを呟いていた。

「都子さんの引っ越しの日がお天気になりますように」

そして、新しい店が成功するように、とそんな願いも込めたようだ。

*

降る雨の中、わたくしは、目一杯大きな葉を広げる。この枝葉のつけ根に、いま、小さな芽が出ていることに、気づく人はほとんどいない。桜は花の季節が終わると、その存在すら忘れ去られるけれど、こうしてそぼふる雨に打たれながら、じっくりと次の年の花芽を育てている。

目立つことはない。わたくしに焦りや憤りが見られないのだとしたら、その行動が翌年の開花へと繋がるのを知っているからだ。

与えられたことを迷うことなく粛々とこなす。本質を教えてくれる自然はいつだってそばにあることに気づけば、人間も拠り所がないなどと心細くならずに、もっともっと安心して生きられるのに。

てるてる坊主のおかげか、都子の引っ越しの当日は梅雨の晴れ間となった。

緋桜は店を臨時休業にし、手伝いに向かった。わたくしも緋桜の提げるバッグに一枚の葉を落とし、付き添っていく。

「こんなちっぽけな店だから、ひとりで大丈夫よ」

と都子からは遠慮されていたが、実際に引っ越しが始まると、業者への指示や鍵の開閉などのため、彼女は両店舗を行き来し、とても忙しそうだった。

ただ、事前に少しずつ都子が自家用車で運んでいたためか、業者が大きな什器(じゅうき)を移動すると、あっけないほど早く、旧店舗は引き払われた。

陽気のせいで汗ばんだ額(ひたい)を拭いながら、都子が荷物の運び出された店内を見回す。

「こうやって見ると、案外広く感じるわね」

としみじみと呟いていた都子だが、はっと顔を上げると、

「確認とお支払いで、もう一度山に行かなきゃ」

と、床に残されていたいくつかの花バケツを抱え、慌しく店をあとにした。

花バケツには数種類の草花が入っていた。繊細な花びらを持つ草花は、扱いが難しいから、自分で運ぶのだ、といっていた。そのときの会話を緋桜は思い出す。

「他人の運転だと車酔いするから嫌だっていうのよ」

都子がそんなことをいって、肩を竦めた。

「車酔い？　植物もそんなことが起こるんですか」

目を丸くする緋桜に、都子は笑いながら首を横に振った。

「人間みたいに、吐き気を催したりするわけじゃないわよ。でも顔色っていえばいいかな、なんとなく元気がなくなる気がするの」

それは具体的には水を枯らして頭を垂らしたり、花びらが落ちたりという現象を意味しているのだろう。

「都子さんには、花の気持ちがわかるんでしょうね」

どうかな、としばらく考えを巡らせたあと、

「どちらかといえば、花が教えてくれるの。もうすぐ咲くよ、お水が欲しいよ、って」

「声が聞こえるんですか？」

「気にかけているとね、わかるようになるの。緋桜さんもそうじゃない？」

客の気持ちがわかるのではないか、その都度考え対応しているでしょうと指摘され、顧みる。

緋桜は、以前、店を訪れた病み上がりの客のことを思っていた。せっかく訪れてくれたのに、他の客が何気なく発した言葉で傷つけてしまったかもしれない。悪気はなかったろう。けれども、それはあまりに無遠慮で心無い言葉だった。緋桜は未熟な自分に首

を振る。客の気持ちを汲む接客などとてもできていない。俯けた顔が、さっきまで花バケツの置かれていた水溜まりに向く。続けて都子はこんなこともいっていた。

「でもね、植物は決して自分の子どもではないの。たまに花や草木のことをこの子、なんて呼ぶ人もいるけれど、それは違うと思うのよね」

確かにおしゃれな暮らしをして、ライフスタイルを発信している人たちから、そうした表現や発言を見聞きすることがある。ペットならいざしらず、花屋で買った切花や、これから調理する野菜や肉、そうしたなまものだけでなく、食器や雑貨類に対しても擬人化されると、違和感を持つこともある。

「長く育ててきた鉢物や、愛用してきた物に対し、愛着が湧くのはわかるけれど、気安くそういう目で見るのってね」

都子のその意見は、一見淡白で冷たいようにも見える。でも安易に子どものようにかわいがることへの警告は、自然の生命の大切さと儚さへの想いからだろう。植物を扱うことを生業としてきた彼女だからこその発言だ。

緋桜は、からっぽになった都子の店のコンクリートの床を掃く。ひんやりと薄暗い店内からは、何の声も聞こえてこない。けれども出入り口のドアに嵌まったガラス窓の向こうは明るく、その日差しは夏のそれに近づいていることを伝えていた。

＊

『キャフェ　チェリー・ブラッサム』の営業時間は十二時から十八時だ。ラストオーダーは閉店三十分前。だからその時点で客がいなければ、十七時三十分に店を閉める。

雨量はそれほどでもないが、どんよりと曇りの日が続き、なんともすっきりしない。梅雨なのだから仕方ないのだけど、さすがにカラリとした空が恋しくなってくる。

帳簿をめくり、緋桜がため息をつく。

「二組、か」

ふたり連れとおひとりさま。計三名の客を迎えただけで夕刻を迎えてしまった。緋桜は玄関に「閉店」の札を出し、鍵を閉める。賑わう日もある一方で誰も来ない日もある。収益に差があったとしても、店舗は実家の持ち物だから家賃の心配はないし、維持費もたかがしれている。お金の問題ではない。でも、

「もっと見てもらいたいのに……」

緋桜が残念そうにカウンターの花に目をやる。そこには青紫色のハナショウブが、艶光りする瑠璃(るり)色の花器に活けられている。

山の新店舗に移っても、都子はこれまでと変わることなく、『キャフェ　チェリー・

ブラッサム』を訪れ、定期的に花を入れ替えてくれている。

「ショウブは昔は薬草としても使われてきたの。季節の変わり目の邪気払いにいいんじゃないかと思ってね」

もっとも端午(たんご)の節句のショウブ湯にも使われるショウブは、サトイモ科なので、アヤメ科のハナショウブとは別の植物なのだという。そんなことを教えてくれながら活けてくれた花だというのに、あまりたくさんの人に見てもらえずに終わりを迎えそうだ。

それに、と用意した菓子を前に緋桜はため息を漏らす。半生菓子はある程度は日持ちがする。だが、作られてから日を経ないうちに食べてもらったほうが断然美味しい。

手早く片付けをし、戸締りを確認するために二階にのぼる。室内の照明のスイッチをカチャッと音をたてて消していくが、日が長くなったせいで、夕方の気配が感じられない。

こんなに明るいうちから店じまいしてしまうのが申し訳ないような気になりながらも、制服にしているコバルトブルーのワンピースから、私服のデニムと洗いざらしのリネンのブラウスに着替えた。

下駄箱からスニーカーを三和土に出す。スリッパをしまい、振り返る。

「おつかれさまでした」

自分へと店へ、丁寧にお辞儀をすると、カウンターのハナショウブがかすかに揺れたように感じた。曇り空ではあるけれど、雨は降っていなかった。玄関に鍵をかけると、木戸を入る。庭の桜は薄曇りの中でも大きな葉を広げている。はらりと葉が一枚落ち、肩に乗った。それに気づくことなく、緋桜が庭を出た。

＊

車だと五分もかからないけれど、坂道が続くこともあり、歩くとそれなりの距離だ。実家の車を借りてもいいのだが、運転はあまり得意ではない。山の上まで行く路線バスもあるのだけれど、本数が限られる。

「自転車でも買おうか」

電動アシストつきなら、この坂道もすいすいだろう。緋桜は普段の運動不足をまざまざとしらされる息切れの中、そんなことを呟く。ようやく坂道の先に、小さな案内看板が見えた。登山道にある標識のように、木切れに『野花の店　みやこわすれ』と細い書体を使って黒インクで書かれている。駅前に店があったときに店頭に掲げていた看板を、立て看板にリフォームしたのだ、と都子が引っ越しの際に教えてくれた。

見慣れたその文字を見たら、ひといきに安心し、上がった息までがおさまったようだ。看板脇の門を入ると、石畳で整えられた歩道に続き、あたりを山林に囲まれた二階建ての建物が現れた。

かつては民家だったというとおり、開け放ったサッシの向こうから、「おかえり」と声が聞こえそうだ。縁側に近づくと、

「いらっしゃいませ」

明るい声が聞こえた。訪れたのが緋桜だとわかると、ぱっと都子の顔が綻ぶ。

「緋桜さーん。いらしてくださったんですね」

引っ越しの手伝いで訪れたりもしたし、移転後のリニューアルオープンには、お祝いにもかけつけた。けれどもそれ以降は、都子が花入れに来てくれることもあり、なかなかここまで足を運ぶ機会がなかった。

「通常営業のときに伺うのははじめてです」

緋桜はわくわくと店内を見回した。

「どうぞ、どうぞ、奥まで見ていって」

と招き入れられる。

踏み石から店内に入る。民家だった頃はもちろん靴を脱いであがる板張りだったろう床は、水はけのいいコンクリートにリフォームされているけれど、大きく手を入れたふうではない。そこはかとなく長閑な空気が店内を包んでいた。

「縁側を潰すって案もあったんだけどね」

窓の向こう、幅の狭い縁側が湿気を帯びていた。

「でもこの建物はあの縁側ありきに思えたの。まるで両手を広げているみたいでね。ここからお客さまを出迎えるおおらかさが気に入って」

都子がうっとりと首を傾げ、顎に手をやった。

「お天気のいい日は、あそこに腰掛けたら気持ちよさそうですね」

足をぶらぶらさせて座る自らの姿を頭に思い浮かべ、ここで野点したら楽しそう、などと緋桜が空想を広げたところで、あ、と思い出し、

「これ、差し入れです」

と紙箱を取り出した。箱を開けた都子の顔がみるみると明るくなる。

「わあ、嬉しい。なんてかわいらしい鮎なの」

「いま、キャフェで出しているお茶菓子です。そういえばここ、蛍も出るっておっしゃっていたけれど、鮎はさすがにいないですかね」

「蛍ね。まだ見つけられていないのよ。でも裏山の川は清流だから、意外と鮎も期待できるかもね」

待ち遠しい、と両腕を抱え肩を揺らす。

緋桜が興味津々に見回す店内には、笠のない電球がバランスよく吊り下がっていて、それが古い家屋の中でシンプルに似合っていた。明るすぎない光源が柔らかく、落ち着

くのはこの灯りが醸す雰囲気も大きいのだろう、と考える。

店の中央には大きな木製のテーブルがでんと置かれている。

「こういう大きなテーブルで、ゆったり座りながらアレンジメントを作るのが憧れだったのよ」

と目を細め、都子が愛おしそうにテーブルの肌を撫でた。イギリスのアンティークを、古道具店で入手したそうだ。

「前の店舗は狭かったでしょ」

あの店にこれを置いたら、身動きが取れなくなっちゃう、と笑う都子に、

「そういえば、以前は立って作業してましたもんね」

カウンターの片隅でアレンジメントや花束を作っていた都子の姿を、緋桜は思い出す。

「なんだか大家族のいるダイニングみたいですね」

「でしょ。だからこのテーブルを囲んで、アレンジメントのワークショップをね、そろそろはじめようかと思うの。定期的なスクールじゃなくって、行事や季節に合わせたもの。例えばこれからなら夏の草花を花瓶に活けてみるとか、冬だったらクリスマスのリース作りや、お正月の玄関飾り。バースデーケーキに添える花、とかもいいわよね」

都子が指を折って構想を話すうち、緋桜の顔も輝く。

「うちの店でもご案内したいので、チラシを作られたら何枚かいただけますか？」

「緋桜さんのお店のお客さんが参加してくれたら、すごく嬉しい」

実はこちらからお願いしようと思っていたのだ、と告げられた。

「二階も見てもらいたいんだけど、片づいていないのよ」

そこまで手が回らないのだと都子が目尻に皺を寄せる。

「まだどう使うか、決めていないの。インスタレーションもやってみたいし、手仕事市みたいなバザーもいいな、なんて思って。緋桜さんの出張カフェもいつか実現させたいし」

ふたつある部屋のひとつを、カフェにして、もうひとつで雑貨の物販をすることなども考えているのだそうだ。

精力的に活動する都子を、緋桜は眩しく見る。屋敷の支配人になって三年。果たして自分は成長しているのだろうか、と顧みる。

生活は相変わらず実家に頼りっきりで、とても自立からは程遠い。キャフェも特別に目新しいメニューがあったり、驚くようなしかけがあることもない。客あしらいも戸惑うことのほうが多い。秀(ひい)でたものなどなにもない、と緋桜は落ち込む。

菓子の買い出し、茶の用意、庭の掃除。そうしたルーティンを繰り返し、屋敷を維持しながら、客を迎えていることの意義、それに目に見える成長などなくとも、一日いちにちを積み重ねている、それこそが人生を歩むことなのだけれど、そこまで考えが及ぶには彼女にはまだまだ時間が必要だ。

桜の花芽は前年にのびた新しい枝に作られる。樹木は既に育った古い枝から枝分かれしながら成長していく。新しい枝を育てるのに必要な古い枝だが、そこには花芽はできない。植えて年数の経った街路樹の桜が花が少なく、枯れ木のように枝が目立って見えるのはそのためだ。

けれどもそれは当然のことながら枯れているわけではない。新しい枝とその枝につく花芽を作れるということは、根、いいかえれば木そのものが健康であるということに他ならないのだ。

わたくしも、花の散ったこの季節に、次の春に開く花の芽を作る。あたたかい日は花芽を太陽に向けて、日光の力を存分に借り、また寒い日は葉で守る。無事に育つようにと、気候の変化に合わせ、身体を調整していく。それは人間と何らかわりない生きるための営みだ。大切なのは自らの「根」。うまくいけば花を開かせることもあるだろう。ただそれすらも重要なことではない。

湿った風が店内に吹き込み、緋桜の肩にとどまっていたわたくしの葉が舞った。

「すっかり日が長くなりましたねえ」

風に誘われ、緋桜が外に目をやる。

「今日は夏至(げし)ですもんね」

昼の時間が一年で一番長い日。つまり太陽が最も高くのぼる日だ。伸びやかな都子の姿が、高くのぼった美しい太陽の姿と重なった。

＊

ヤマザクラは種から発芽させて育てるのに対し、ソメイヨシノはつぎ木や挿木をして増やす。自家不和合性、つまり自分の花粉では受精せず、他の花粉でのみ種子をつける植物のことをそう呼ぶが、ソメイヨシノはそれにあたる。ただし、違う種の花粉でできた種からは、同じ性質の植物を増やし維持していくことは難しい。ソメイヨシノならではの花を咲かせるためには、木に枝や樹皮をつなぎ合わせて育てる必要がある。

日本各地にあるソメイヨシノが、もとは一本の親木からのいわばクローンだ、と聞いたら驚くだろうか。

咲く場所の気候によって、多少の差こそあれ、同じ地区のソメイヨシノがほぼ一斉に花を開かせるのは、それが理由だ。だからこそ、咲き誇る花の下で花見をすることが可能なのだ。

わたくしがそんなことを考えていると、どこからか人の気配を感じた。夕刻だ。犬の散歩の時間でもないし、と視線を落とすと、子どもを乗せた自転車を、母親と思しき女性が両手で支えて立っていた。緋桜よりいくつかは年上だろうが、小綺麗なスーツは着慣れたふうだ。

「ねえ、はやくうー」

うしろの荷台に設置された椅子に座る男の子が、ぐずった声をあげていた。

「ちょっとおとなしくして」

母親も苛つきながら、どうしたんだろ、と首を捻る。自転車を立て、タイヤを覗き込んだりハンドルを動かしたりし、

「パンクかも」

と呟き、参ったな、と顔を歪ませた。

「お腹すいたよお」と、男の子の声にすすり泣きが混ざりはじめたとき、緋桜が屋敷の玄関から顔を出した。

「ありがとうございました」

明るい声が庭先にまで届く。客を見送っているようだ。一礼し、玄関を入ろうとした緋桜に自転車の母親が、すかさず、

「あの」

と呼び止めた。よっぽど困っていたのだろう、切羽(せっぱ)詰まった声に、緋桜がなにごとか

と振り返った。きょろきょろと顔を動かし、声の主を探していると、女性は自転車のハンドルを握りながら片手を挙げた。

「あの、すみません」

とふたたびいい、それから慌てて頭を下げた。

「どうされました？」

明らかに困った表情に、緋桜が足早に駆け寄ると、母親がうしろタイヤに手を添える。

荷台の男の子は、知らない人の登場で、さっきまでの不服がどこかに飛んでいったか、興味深そうに緋桜を見ている。目が合うと、緋桜が微笑みを浮かべ、釣られたように男の子がにっと口角をあげた。

その様子にも安心した母親が、事情を話す。

「保育園のお迎えの帰りなんです。いつもは大通りを使うんですけれど」

通りが混んでいてたまたま脇道を入ったところだったという。砂利道にタイヤがパンクしたのかもしれませんね、と緋桜が自転車のうしろへまわり、屈む。タイヤを親指と人差し指で挟んで、

「ちょっとだけ待っていてもらえますか？　よかったら庭に入っていただいて」

往来が気になるだろうし、砂利道にいてパンクがこれ以上酷くなっても大変だ。

「もうちょっとがまんできるかな？」

男の子にも声をかけると、うん、と聞き分けよく頷く。その姿が可愛らしく、緋桜と母親は顔を見合わせて笑う。調子が乗ってきたのか、

「たかはしゅうとです」

たどたどしく自己紹介までしてみせた。

いったん屋敷に戻った緋桜は、玄関先にメモ用紙を貼り付け、裏道に向かう。用紙に〈すぐに戻ります〉と書かれているのをみるところによると、どうやら実家に何かを取りにいったようだ。

案の定、しばらくのち、プラスチック製のおもちゃのピストルのようなものを手に庭に戻ってきた。

「試しにこれ、使ってみてください」

上がる息を鎮めながら、母親にその器具を渡す。礼をいって受け取った母親が、先端をタイヤの空気穴に差し入れ、持ち手の部分を上下させる。タイヤがみるみると膨らんできた。

「ああ」

安堵と驚きが混じった声がし、

「空気が抜けていただけだったんですね」

手入れ不足でした、と母親が恥ずかしそうに肩を竦めた。

「タイヤに小さな穴や亀裂があるかもしれないから、一度、自転車屋さんに持っていくと安心かもしれませんね」

一時凌ぎにはなりますかね、と緋桜が案じると、とりあえず今日のところは無事に帰宅できそうだ、と繰り返し礼を述べた。ようやく一息つけたのか、母親が屋敷に目を向ける。

「ここ、お店なんですね」

「はい。キャフェです」

緋桜が滑舌よく声を張る。

「ご家族で経営されていらっしゃるんですね」

さっきの空気入れは裏の自宅から持ってきたのだ、と聞いて、母親がそう尋ねる。

「いまは、代を母から譲られ、私が支配人なんです」

「お若いのに……」

母親が目を丸くして感心するが、単に時期がきて支配人を引き継いだだけのことだ。褒められるほどのことではない、というわたくしの声が伝わったのか、

「その年齢になっただけのことです」

緋桜が恐縮至極といった風情で頭を掻く。

「といいますと？」

「うちは代々、娘が三十歳になると代を譲るならわしになっているんです。といっても、母がそうだったってだけですけれど、たまたま父の引退の時期と重なったこともあって、私もそれにのっとる形になったんです」

「ご家族の歴史があるんですね」

自転車のサドルに手を置いたまま、改めて屋敷を目に収める。

「でも私はいまのところ出産の予定もないから、娘に継がせることはできないんです。そうなったらこの屋敷はどうなるのかな、って思わなくもないんですけどね」

後部座席の男の子は待ち疲れたのか、すっかり首を垂らし、気持ちよさそうな寝息をたてている。

「お気をつけて」

小声でいい、ゆっくり去っていく自転車を見送った。

＊

シジュウカラの鳴き声が聞こえ、夏本番が近づいている。都子が活けたキンシバイが鮮やかな山吹色の花を開かせている。

金糸梅、という漢字表記に見て取れるように、きゅっとすぼんだ花の姿が梅に似て、そこから飛び出るように伸びている雄蕊が金色の糸のようであることが名前の由来なんだと、都子から教わった。花に霧を吹いていた緋桜が、玄関のドアを開けて現れた客に、いらっしゃいませ、と顔を上げた。

「あら」

店内に響く嬉しそうな声からわかるように、訪れたのは馴染み客、日本人男性とイギリス人女性の奥野夫妻だ。「こんにちは」の声と、鳥の囀る声が重なり、夫妻が庭を振り返る。

わたくしの枝には小さな実がなり、それをムクドリがつついているところだった。それを見て、

「鷹すなわち技を習う」

イギリス人妻のエラが七十二候の暦の名を口にした。鷹乃学習、と書き、巣立ちの季節をあらわしているのだと彼女から説明を受け、

「巣立ち、か」

と呟いたあと、夫妻を屋敷内に案内する。

緋桜は自らのことを考えていた。いまのところは、受け継いだ支配人をなんとかこなしてはいるけれど、自分の人生の先が見えない。このままひとりでここを切り盛りするのか、あるいは誰か後任者を育てるのか。

両親もそのことに関してはなにもいわない。それは緋桜の人生を尊重しているからにほかならない。そんなことに思いを巡らせていたのに、奥野は何を勘違いしたのか、

「緋桜さんが立派に巣立たれて、ご両親は自慢でしょうね」

と面はゆい言葉を口にする。どうでしょうか、と顔を曇らす緋桜に、励ますような口調で続ける。

「代々ってすごいことですよ。緋桜さんは『チェリー・ブラッサム』をこうして絶やさずに受け継いでいるんだから」

と、奥野が鼻息を強める。イギリスでは家の建物を修繕しながら何代にも渡って住み続けるんだよな、とエラにも目配せする。すると緋桜がちらりとわたくしのほうを見て、

「もしかしたら庭の桜がそうさせているのかもしれません」

と呟いた。

「サクラ?」

店名が英語名の桜、チェリーブラッサムにちなんでいることに気づいたのか、エラが納得したように首を縦に振った。

「緋桜さんのお名前にも桜って文字が入っていますもんね」

話し言葉のみならず、漢字の読み書きも堪能なエラが、すらすらと話を進める。

「はい。桜の品種のひとつから付けられたんですよ」

漢字で寒緋桜と表記するカンヒザクラは、桜の原種のひとつで、沖縄や奄美(あまみ)では野生で育つ。それらの地区では開花の目安となる標本木にカンヒザクラを使う。沖縄なら旧暦の正月、つまり一月中頃から二月にかけて咲くことから、元日桜とも呼ばれている。関東地方でも三月中頃には開花する早咲きの桜だ。

「ソメイヨシノやヤマザクラのように花びらが散るのではなく、花ごと落ちるので、散らない桜、といわれたりするんです。あやかって、明るく力強く育って欲しい、そんな願いを名前に込めたのだと、両親が話してくれました」

「そうだったんですね」

奥野が先を促す。

「母は櫻子、祖母の名前の八重は、八重桜からでしょう」

もちろん八重と名のつく花はほかにもあるけれど、おそらくはそうに違いない、と緋桜が続ける。

「桜と私たちはずっと一緒。桜とともに成長し、この先も繋がっていくのがわが家の宿命なんです。でも私のあとはどうなるんだろうって」

悩みを漏らす緋桜の言葉にわたくしも耳を傾ける。

「緋桜さんは支配人になってまだ三年ですよね。この先のほうが長いんですから。その時期が来たら、自ずとこたえが出るんじゃないですか?」

いまから見えない未来のことを焦っても仕方ないじゃないの、とエラが笑う。

「人生なんてわかんないのよ。私だってまさか自分が日本に来るなんて、思ってもいなかったもの」

イギリスにいた期間よりも日本のほうが長くなった、と指を折る。

花の命は結構長い。人生も長い。だから、ゆっくり行けばいい。そうやっているうち、いつの間にか気づかないうちに何かにつながっていく。続けていくこととは、そういうものなのだから。

*

梅雨明け宣言が空に届いたのか、報道されたと同時にギラギラする日差しが照りつけた。わたくしは葉を存分に広げ、枝に陰を作る。強い日差しから幹や生まれたての花芽を守るためだ。

「暑いしか言葉がないんですけど」

緋桜が庭掃除を終えて、エアコンの効いた店内に入る。汗を拭って、冷蔵庫で冷やしていた麦茶で喉を潤していると、都子が花を抱えてやってきた。山の気温に慣れちゃうと、こっちの暑さは堪える、と左手をパタパタと振り、気休めに火照る頬を扇ぐ。

「涼しげなお花を、とも思ったんだけれど。いっそ割り切って夏らしく元気なのもいいんじゃないかな、と選んだの」

開いた包みから顔を出したのは、太陽のような明るいオレンジ色のユリの花だ。くっと胸を突き出すように咲く姿も威勢がよく、花びら全体に黒っぽい点が並ぶさまは、前衛美術家の作品のようで、眺めているこちらまでも力を貰えそうだ。オニユリの名にふさわしい立派な姿にはああ、と感服してしまう。

「暑いなら暑いなりに楽しまなきゃですね」

「とはいえ、暑すぎだけどね」

とふたりしてさっきから「暑い」という単語をいったい何度繰り返したのだろう、と呆れてしまう。でもそれも仕方ない。梅雨明けと同時に最高気温は三十五度以上の猛暑日に達し、夜もいっこうに気温がさがらない日が続いているのだから。

庭のわたくしも、緑を纏い涼しげに見えるかもしれないが、立っているこちらはくらくらする暑さにまいっているのだ。

「今度ね、緋桜さんにご紹介したい方がいるのでお連れするわ」

都子の話は続く。最近、彼女の花屋を訪れた客のことだという。バッグや小物を作る手仕事の作家で、数ヶ月前にこの街に越してきたんだそうだ。

「このキャフェのこと、ぜったい気に入ると思うの」

*

都子がその女性を連れてきたのは、連日の暑さに、そろそろわたくしが水浴びでもしたい、と思ったころ。タイミングよく、ざっと一雨きたあとのことだ。

「ひおちゃーん」

緋桜が庭掃除をしていると、かわいらしい声が届く。自転車の荷台で、大きすぎる麦わら帽子の下から、男の子が日に焼けた顔を覗かせ、手をぶんぶんと振っている。

緋桜が手を振り返すと、母親が恐縮したようにあたふたしていた。

「今日は早いんですね」

自転車の空気入れを貸したのをきっかけに、息子さんのお迎えの帰りにはこの道を使うようになり、緋桜とも頻繁に会話を交わすようになった。漢字では悠斗(ゆうと)と書くことや、母親の名前が瑞歩(みずほ)だということも知った。ただ、まだ日の高いこの時間に高橋親子に会うのは珍しい。

「保育園から、この子が熱っぽいって連絡が来たから慌てて早退したんです。でも来てみたらこの調子」

すっかり平熱なのだと肩を竦める瑞歩の陰で、悠斗くんがべえーっと舌を出す。

「ママに会ったら、嬉しくてお熱が下がったんだよね」

緋桜がウインクして見せていると、

「緋桜さん、お客さまみたいですよ」

瑞歩に小声で指摘され、慌てて振り向くと、玄関先で都子がにこやかに手招いていた。

親子を見送って、玄関に戻る。都子の隣で控えめに微笑んでいた女性が、はじめまして、と頭を下げた。

涼しげな紫色のノースリーブのワンピースから覗いた彼女の腕は、細くはあったけれど、ほどよい筋肉が付き、健康的に日焼けしていた。肩までの黒髪を無造作にひとつにまとめ、化粧っけもないのに、くっきりとした目鼻を見るに、もともと整った顔立ちなのだろう。年の頃は緋桜と同じくらいだろうが、小柄なのに凜と立つ姿は落ち着いていて、比べると緋桜がまだあどけない子どものようにも感じられる。

「こちら、可奈(かな)さん」

と都子が緋桜に紹介し、

「鞄作家さんってお伝えすればいいのかしら？」

隣に佇む可奈に尋ねる。

「そんな大層なものじゃないです」

恐縮して手を左右に揺らしたあと、緋桜に感じのいい笑顔を見せ、

「ちまちま縫い物をするのが好きなんです」

と謙遜(けんそん)した。

「見て。これ、可奈さんの作品」

都子が右手に提げていた布のバッグを緋桜の顔の近くに差し出すと、

「わ、かわいい。これって刺繍(ししゅう)ですよね」

緋桜が顔を近づける。黄色のコットン地のバッグは、文庫本くらいのごく小さなサイズで、スマートフォンや部屋の鍵なんかを入れて出かけるのにいいだろう。仕事道具を持つ必要のない今日の都子も、身軽にこのバッグひとつだ。

バッグの真ん中には、白い刺繍糸で、ラフな鈴蘭の花の線画と Flower の文字が描かれていた。

「可奈さん、刺繍も図案から作られるんですよ。花だけじゃなくって、果物や動物のバリエーションもあって、どれもすっごく素敵なの」

都子が緋桜に紹介している間、

「あわわわー」

と可奈は両手で顔を隠し、ぺこぺこと頭を前後に動かしていた。恥ずかしがる姿も嫌みがなく、緋桜はこの女性のことを即座に好ましく感じたのか、

「さすが、都子さん。いいお客さんがいらっしゃる」

と感心すると、今度は都子が、

「そそんなあ。このキャフェには敵いませんよ」

とのけぞる。ふたりのやり取りを可奈がにこにこと見守る。

「引っ越してきてすぐの頃、界隈の視察がてら、散歩していたんです。山道をのぼっていくと、駅前からわずかなのに空気が澄んできたんです。それで嬉しくなっちゃってどんどん進んでいったら、都子さんの花屋さんに行き着いたんです」

「おお、まるで竜宮城みたいじゃないの」

「そうです。私にとって『野花の店　みやこわすれ』は宝の城です」

可奈は、植物や野菜の実物をスケッチして図案にするらしい。都子の店の草木は絶好の素材なんだと可奈が力強くいう。

「都子さんのセレクトされる花って、華美じゃないのに、心の奥に滲み入る力があるんです」

「また大げさなんだから」

都子が困ったように顔を顰(しか)めるが、

「確かに。都子さんに花を活けていただくと、ほんの数本なのに、屋敷内の空気ががらりと変わります。静謐(せいひつ)になるっていうか、研ぎ澄まされるっていうか」

緋桜が納得して頷く。褒められ慣れていないんだから、よしてよ、と照れる都子は、いつになくくだけている。きっと可奈といると素になれるのだろう。

「私はただ、季節のものを、そして野山で咲いている姿そのままを選ぶようにしているだけ」

「だから、切花なのに、生き生きとしていて、まるで室内に自然が運ばれてくるように感じるんですね」

玄関先に飾られた花に可奈が目を落とす。しばらく一同がそこでキリリと花を開かせているオニユリに注目していたが、緋桜がはっと声をあげた。

「ご案内もせずに、お客さまに立ち話をさせてしまっていました。どうぞお入りください」

下駄箱から客用のスリッパを出した。

「素敵なお店ですね」

ミシミシと密やかな音をたてながら階段をのぼる可奈が、先を歩く都子の背に呟く。

「お部屋が三つあってね。どの部屋も風情があるのよ。春だと庭のヤマザクラがね……」

振り向きながらも声を弾ませる都子に、

「もうご案内は都子さんにお願いしちゃおうかな」

と、緋桜の調子も軽やかだ。

三つの部屋を見比べては楽しげに迷っていたふたりが、ようやく日扇の部屋に決めると、

「都子さん、お客さんとしていらっしゃる機会はなかなかないですもんね。いつも裏方をお願いしちゃって。ですから、今日はどうぞゆっくりしていってください」

彼女たちの談笑する声が、日扇の部屋からいつまでも続いていた。庭では日差しが照りつける地面に熱風が舞い、土埃をあげた。

*

柴犬のはあはあと吐く息づかいを聞けば、いまがどれほど暑いのかよくわかる。人間ならじっとしているだけでも汗が滴(したた)り落ちてくるだろう。この季節だけは、散歩の時間がいつもよりも一時間だけ早くなるのも、納得だ。繁った葉がかろうじて暑さを凌ぐのか、散歩途中の彼らは、逃げ込むようにわたくしの陰に入る。息が整ってくると、安心したようにしゃがみこみ、老人に鼻先を寄せる。すっかり熱を帯びた頭を撫でられると、飽きることなくぶるんぶるんと尻尾を振る。脇に立つ老人は、腰のポーチから取り出したペットボトルの水で喉をうるおし、ふたたび朝の日差しの中へと戻っていくのだ。束の間の休息にできるだけ涼を、とわたくしも懸命に葉を揺らす。

昼下がり、客を送った緋桜が、ふう、と深い呼吸を漏らす。こちらは平常運転、夏だからといってサマータイムを設けることもなく、開店時間も変わりない。わたくしがたてる風に反応したのか、二階の風鈴がチリンと音をたてたが、あまりのか細さに緋桜には届かない。

『キャフェ チェリー・ブラッサム』の店内には、もちろんエアコンは完備されている。けれども、古い家屋ゆえ、隙間風ならぬ隙間熱が入ってくる。その上、庭に面した窓からは、日差しが容赦なく降り注ぐ。

それでも、屋敷内は蒸すこともなく、ともすれば涼しさを感じるのは、おそらくいまどきのコンクリの家よりも、この屋敷に使われている木材が湿気を吸収し、暑さの調整をする機能を持ち合わせているからだろう。

それはわたくしの葉と同じだ。暑い夏には大きく繁らせ日をさえぎり、寒い季節には葉を落とし、枝や幹に太陽の光を届ける。

人間も、自らの調子が優れないとき、それは暑さ寒さや身体のことだけでなく、精神に関してもうまく操作できるすべをなぜ身につけないのだろうか、と不思議にすら思う。本来、そうした技は備わっているはずなのに、それに気づこうとしない。もうだめだ、と安易に諦めを口にする。

そこでわたくしははた、と思う。しかし、そうやって弱音を吐くことが、自浄作用になっているのかもしれない。自分の痛みを訴え、誰かに助けを求めることで、前に進めることがある。弱音を吐かないで自らの中に溜め込むことで、結果的に自らを追い込んでいるのだとしたらどうだろう。

*

丸焼きした茄子が、皮を剝かれ、浅葱色の肌を見せている。生姜とみょうがを薬味にし、醬油をまわしかける。かつおぶしが揺れる姿は、盆踊りの舞のようだ。

「冷えてる、冷えてる」

櫻子が頰に手を置く。

「やっぱり夏は茄子に限るね」

といい切る櫻子に、「もう秋だぞ」とキッチンに立つ父から茶々が入る。

「そう、暦の上では立秋だからね」

と緋桜は偉そうにいってはみたが、

「実は都子さんにいわれるまで忘れていたんだけどね」

と素直に白状する。花活けは力仕事なのだ、と肩で息しながらキキョウを手付きの籠にあしらっていた姿を思い出す。

「都子さん、新しいお店でがんばっているんでしょ」

茄子をすっかり平らげ、いまはデザートのわらび餅を口に運ぶ櫻子に訊かれ、頷く。

「葛やわらび粉でできたお菓子は、冷やしすぎると固くなるんだ。だから常温で保存して、出す寸前に氷水に入れるんだ」

丁寧な父の説明に、

「時間を見計らって？　すごいお気遣い」

と感心する。

せっかくの菓子を美味しく食べてもらいたいからな、と父が鼻を膨らませるのを、

「お父さんは食いしん坊だからね。他人に食べてもらうのでもそう思うんだよね」

と櫻子がさらりと評価した。

話題は都子のワークショップのことに移る。

「真夏のイベントって参加するほうも主催するほうも大変なのにね」

黒蜜ときなこにまぶされたわらび餅が、つるりと緋桜の口に滑り込む。

「都子さんもさ、この猛暑だからどうだろう、って心配していたみたいなんだけど、和やかないい会になってくれてよかった、っていっていたよ」

「テーマは〈夏の花を活ける〉だっけ？」

実家にも持ち帰っていた案内チラシを、父は見ていたのだろう。

「わりと本格的なことをやるのね」

「それがね、定員六名の予約があっという間に埋まったんだって。都子さん自身が驚いてた」

「夏の花か。意外と悩んでいる人も多いんじゃないのか?」

夏は切花を飾るのが難しい。高温に花がついていけず、水が腐ったり、葉が枯れたりと、なかなか長く持たせるのに苦心するのだ、と父が立ったままわらび餅をつまむ。

「選び方や水替えのポイントなんかを中心に、あとはこの季節ならではの花の紹介とかもしたみたい。参加者はみんなすごく熱心で真剣なんだって」

「プロのアドバイスを直接聞けるなんて、なかなかない機会だもんね」

櫻子がふむふむと頷き、

「緋桜も習ってみたらいいじゃないの」

自分で活け替えができるようになるかもよ、などと気軽にいう。

「不慣れな私が苦戦するよりも、都子さんにおまかせしちゃったほうが、安心だもん」

緋桜はぷっと頬を膨らませる。すっかり花の管理は委ねている様子に、それもそうね、と両親からすぐに賛同されてしまい、立つ瀬もない。

「来月は、秋の七草を活ける会なんだって」

チラシがまだ残っていたはずだけど、とガタンと席を立った緋桜に、

「次回はもう来月なの？　ずいぶんと精力的だなあ」

父が感心する。

「リピートしてくれそうな人もいたから、期待に応えたいって張り切っていたよ」

好評だったのが都子のやる気を後押ししたのか、そう話してくれた彼女の声には張りがあった。今回はスケジュールの都合で参加できなかったけれど、鞄作家の可奈も次回は来てくれるのだ、ともいって頬を緩めていた。

暑さに終わりが見えない、と口々にいう声が聞こえる。会話の端々にも立秋とは名ばかり、とのぼってくる。この暑さだ。そう思ってしまうのも致し方ない。けれども、わたくしの作る日陰が、これまでよりもほんの僅かに涼しくなっている。遠くから聞こえるカナカナという鳴き声はヒグラシだろうか。

＊

夜になるとどこからか虫の声が聞こえたり、見上げた空に浮かぶ雲の形が変わってきたりと、季節が緩やかに移行している標（しるし）を見つけることもある。

そんな夏の終わりが見えてきた、それでもまだまだ暑い日の夕方、『キャフェ　チェリー・ブラッサム』の玄関先にひとりの男性が立った。

「いらっしゃいませ。今日はおひとりなんですね」

出迎えた緋桜が親しみ深い表情をする。常連の奥野だ。妻のエラの姿はない。

「彼女、今日はクッキングスクールなんです」

「通われているんですか？」

「近所の主婦を集めて、自宅でスクールを開いている僕の知人がいるんですよ。習っているのは日本の家庭料理なんですけど」

毎月開催されるスクールに、欠かさず参加していると聞き、

「えらいですねえ」

と緋桜が感心すると、奥野は一瞬戸惑ったように目を泳がせたのち、

「エラはがんばりやさんなんです」

と頷いた。

緋桜はスリッパを出し、先に立つ。

「いつまでも暑いですよね」

歩いてきてすぐに立ちどまったためだろう、奥野の額からは汗が噴き出るようにとめどなく流れている。

「お部屋どうされます？　桜の部屋か日扇の部屋か……」

先客が帰ったばかりだ。どの部屋もほどよく空調が効いている。

「今日は麻の葉の部屋にしようかと思って来たんです」

と、茶室の名をあげる。

「あ、ごめんなさい」

緋桜が慌てて顔の前で手を合わし、眉を下げる。

「使えませんか？」

奥野が残念そうに肩を落とす。

「いえ、ご案内はできるんです。もちろん」

都子に花も活けてもらっているし、季節にふさわしい掛け軸もかけてある。今朝もしっかり畳を拭き上げた。ただ、

「このお部屋だけ、エアコンがないんです」

ああ、と納得したように頷いた奥野が、きっぱりと顔をあげ、

「かまいませんよ、私は」

と、額の汗を滴らせたまま答える。

「大丈夫ですか？」

と窺うも、奥野の意志は変わらないようだ。

「でしたら、ぜひ」

緋桜が襖（ふすま）の出入り口を開けた。小さな窓がひとつ、それも障子で覆われているせいで、室内はほの暗い。明るいところから来ると、あまりの暗さに驚かされるのだろう、奥野も一瞬、お、と声をあげる。

「照明を持ってきましょうか？」

と緋桜が尋ねると、

「せっかくですので、自然の明るさを楽しみます」

と奥野がゆっくりと首を横に振った。

「お抹茶をお願いします」

緋桜は襖を閉め、一階へ降りる。夕方の店内は静けさに包まれていた。紅葉（もみじ）の柄の入った抹茶碗で茶を点てる音が、厨房内のみならず、館内全体に広がった。

盆に茶碗と菓子を載せ、襖の前で、

「お茶とお菓子、お持ちしました」

と声をかけると、微かな衣擦れの音とともに、「はい」と返事が聞こえた。襖を開けると、奥野が背筋を伸ばして正座をしていた。

近づいてサーブをすると、穏やかな笑みが、暗い中でも窺うことができた。額の汗はひいていた。

「不思議ですね。ここにいると、風の音が聞こえてくるんです。そうしたら体の中にまで風が吹き抜けていくように感じ、気づいたらいつの間にか涼しくなっていました」

そういったきり、口を閉ざす。庭の桜の葉がそよぐ音に緋桜も耳を澄ます。

「紅葉ですか」

茶碗の絵柄を見て、

「夏も終わりなんですね」

と茶に視線を落としてから、床の間の花に目を移す。

「秋の七草なんですって。活けてくださる方が教えてくれました」

さわさわさわ。

風の音が茶室にまで届いているだろう。わたくしの葉が色づくのも間もなくのことだ。

菓子を出すと、

「調布ですね」

と即座に奥野がいう。初夏の頃に頻繁に出していた鮎菓子も季節が進み、店頭から姿を消した。求肥をカステラ生地が包んでいるおかげで、夏場でも乾燥せずにしっとりとした食感が楽しめ、なかなか好評だった。こうした菓子の総称を調布という。

鮎の形にはなっていなかったけれど、今日用意した菓子も調布だ。

「なんで調布っていうか知ってます？」

奥野に訊かれ、

「そういえば何ででしょう」

緋桜がぽかんとする。

「この見た目が布のようだかららしいですよ」

租庸調とはかつての税の呼び名だ。布を調として納めたことが菓子名の由来だという。

「ちっとも知りませんでしたよ」

素っ頓狂な声を出した緋桜に、

「エラに教わったんですよ。僕も」

と奥野が目尻を少し下げた。

「やわらかい布に包まれたお餅ってことなんですね……」

なんだか優しくてふかふかのお布団のようだ、と緋桜がうっとりしていると、

「僕も彼女が来日するって決めてくれたとき、そんなふうに全力で守ろうって思ったんです。布で包み込むように、ね。でもなかなか思うようにはいきません」

暗い室内で彼の表情まではっきり見えていなかったけれど、か弱く消えていく語尾に、後悔のようなものが混ざっていたのは感じ取れた。

帰り際、奥野は緋桜にいう。

「ほんのひととき、現世を離れたような不思議な体験をしました。この感覚を妻にも味わわせてあげたいのだけど」

どこか寂しげな表情を残し、奥野が店をあとにする。大丈夫かな、と少し気になったが、客のプライバシーに立ち入るのもよくない、本人が話したくなったときにだけ聞こう。それが自分のやりかたではないか、とため息を漏らす。

こんなときにはどう手を差し伸べればいいのだろうか。接客の正解がいまだにわからない。夏の終わりのことを、夏の果て、と呼んだりもする。そこには、どこかもの寂しい響きを感じる。緋桜もまた、後悔を残していた。

都子が以前用意してくれた麦のことを思い出してほしい。みなが新緑に向かうとき、麦は実りの秋に向かう。誰もが同じ方向を見なくてもいい。誰かにとっての正解を目指す必要などないはずだ。そう教えてくれていたではないか。

第三章　紅葉

　九月に入っても、夏日が続いている。汗を拭おうと見上げた空に、鱗雲（うろこ）がたなびいていた。緋桜は庭掃除の手を休め、竹箒を玄関にたてかけると、わたくしの幹に近づく。くすみがかった緑色の葉は、やがて黄色から赤へと変化していく。葉の先に細かな水滴がついていた。

「露（つゆ）？」

　日中の暑さは相変わらずではあるけれど、夜が深くなると、大気が冷える。朝露は空気中の水蒸気が冷やされることでつくられる水滴だ。残暑の厳しさに紛れてしまっているけれど、秋が訪れている足跡は、そここにのこされているのだ。

　わたくしの葉のみならず、庭に生える草も露を帯び、湿っている。屈んだ緋桜が、指先をちょんと触れると、葉が揺れ水滴が払われた。

「さ、買い物」

　財布だけを手にし、緋桜がパタパタと足音をたてて木戸を出ていった。

*

「旧暦の九月九日って、いまだと十月中旬でしょ。その頃になれば菊も見頃なんだけどね」

菊の最盛期はまだ少し先なので、キク科のコスモスを用意したのだ、と、都子が平たい蓋つきの籠に活けていく。

「これって花器なんですか？」

緋桜が竹で編まれた籠を珍しそうに見ると、都子がふふふ、と含み笑いをする。

「実はお弁当箱なの。網代（あじろ）の」

薄くした木や竹をこうやって交互に編む手法を網代というのだ、と行李（こうり）の上箱を手に説明する。

「そういわれてみれば、見覚えがあります」

緋桜が、おにぎりやサンドイッチが似合いそうだ、と大きく頷き、

「菊の節句といっても、旧暦の季節とはずれちゃっているんですね」

と、数本のコスモスを隅に寄せ、品よく活けられている籠に目をやる。

ふたりが話題にしているのは、今日、九月九日のこと。陰陽の考えでは、奇数が陽、

つまりめでたい数字とされている。奇数の中で最も大きい「九」が重なる九月九日を、「重陽(ちょうよう)の節句」とし、無病息災や健康長寿を願う日とされている。

「菊の節句」とも呼ばれ、この日は菊を飾ったり、酒に菊の花びらを浮かせた菊酒を飲んだりして祝う風習がある。

「さっき八百屋で、これを買ってきたんです」

緋桜がパックに入った鮮やかな黄色の食用菊を都子に見せているのは、おそらくこれを使った飲み物でも用意するためなのだろう。都子にも、

「菊酒にでもするの？」

と訊かれているが、本人はなにやら計画があるようで、ほくそ笑むばかりだ。

「どんな重陽の節句のおもてなしがあるのか、見てみたいけれど、このあとワークショップだから、そろそろ戻らなきゃならないのよね」

活け終えた花に霧吹きで水をやり、都子は手早く道具を片付けた。

「あれ、今日もワークショップなんですか？」

開催は週末だけなのだと思っていた、と緋桜が驚く。

「希望者が多くて。今月から平日も開催することにしたの」

「大盛況ですね」

緋桜がパチパチと拍手すると、

「準備もあってそれなりに大変なんだけれどね。楽しいのよ」

顔を綻ばせていったあと、内緒話をするように、身を乗り出した。

「あとね。可奈さんがうちの二階をアトリエにするって話も出ているのよ」

作業場所が手狭な可奈に、都子が自分の店の二階を勧めたようだ。

「まだ本決まりじゃないけど、たぶん、実現すると思う。そうしたら、可奈さんの作品を一階で販売とかもいいなあ、なんて話しているのよ」

と、充実した笑みを見せた。

『キャフェ　チェリー・ブラッサム』の二階廊下に明るい日差しが照りつけている。

「あーあ。いつになったら涼しくなるんだろう」

手にしている盆の中は、秋のしつらえなのに、と息を吐きながら、緋桜は桜の部屋に入る。テーブルにつく客も真夏の装いだ。傍らにノートパソコンを開き、資料なのか本を重ねているところを見るに、仕事をしながらお茶を、と目論（もくろ）んでいるようだ。こうした客は長居をするだろうし、静かにしておいてほしいと思うだろう。

緋桜は、菓子皿と湯呑みを載せた盆を、彼女の傍らにそっとおく。

「今日のお菓子は〈着せ綿（きせわた）〉です」

と菓子名だけ伝えてさがろうとしたところで、

「かわいらしいお菓子ですね」

華やいだ声が緋桜の足を止めた。

「ご説明してよろしいでしょうか」

控えめに尋ねると、ぜひぜひ、と客が目を輝かせた。パソコンから顔を上げた女性は、雰囲気からすると都子と同じ年くらいか、あるいはもう少し上かもしれない。

会社に出勤することが必ずしも義務ではなくなった。自宅だけでなく、カフェや公共施設を仕事の場として活用する人も多いと聞く。

「職場の人間関係に悩むのも無駄だからね。ペースを乱されることがなくて、効率もよかったりするみたい」

同僚の言葉なのだと、悠斗の母親の瑞歩が話してくれたのは、先日のことだ。

「じゃあ、そういう選択肢が瑞歩さんにもあるんですか？」

毎日の送り迎えで大変なのだから、と緋桜が尋ねると、

「それがね。私にとっては職場に行くことが気分転換になっているの」

とアイロンの効いた襟元に手をやった。スーツに着替え、化粧をし、家を出る。会社に行くまでのプロセスが、母親と働く自分とのスイッチの切り替えになっている。瑞歩の仕草がそう物語っていたことを思い出す。

くだんの客は仕事の手をやすめ、緋桜の説明を待つ。

「今日は九月九日、重陽の節句です」

背筋を伸ばし、ひとつひとつ丁寧に言葉を継ぐ。客あしらいもまずまずだ、とわたくしも緋桜の澄んだ声に耳を傾ける。

重陽の節句の前夜、菊の花に綿をかぶせる。菊の香りが移った綿で当日は体を拭う。着せ綿とは、重陽の節句にまつわる日本の風習だ。菊に綿をかぶせた姿をあらわしたのが、今日、緋桜が用意した和菓子だ。

ピンク色の菊の花を模した練り切りを台に、白いそぼろ状の餡が盛られている。

「これが綿なんですね」

こんもりとした白いそぼろは、花にかぶった雪のようにも見える。

「このお茶に散らされているのも菊の花びらですよね」

本日限定の菊茶だと緋桜がいう。湯呑みからは香ばしいほうじ茶の匂いが漂っている。湯気の向こうに、鮮やかな黄色の花びら数枚が花火のように散っている。さっき八百屋で買ってきた食用菊は、こうして使われたようだ。気づいてもらえたのが嬉しいのか、緋桜が胸を張って頷いた。

客が湯呑みの茶を口に含み、落ち着きますね、と息を漏らす。窓の外に向けた彼女の切れ長の目が、わたくしを捉える。

「あれは何の木ですか？」

「桜です。ヤマザクラ」

へえ、と相槌を打ち、

「じゃあ、春先は美しいでしょうねえ」

わたくしの花が咲き誇る姿を想像したのか、口元を緩める。

「ええ。でももう少ししたらまた素敵なんですよ」

「もう少し？」

「はい。紅葉で」

緋桜はわたくしの葉から目を離さない。

「紅葉？　桜の葉も紅葉するんですっけ」

桜は花だけではない。春はあんなにも愛でられ、そして散るのを惜しまれる。だというのに、花のない時期は、そこに生えている木が桜であることすら忘れられてしまうのだ。

わかりやすく華やかな時期だけでなく、それぞれの季節に味わいがある。どの季節にだって魅力を見出せる。誰もが思う成功が、必ずしも本人の幸せの形ではない。忙しく働く彼女らに転じてみる。仕事のやりかたも人それぞれ。自分に合うベストの環境を見つけることだって、新たな価値を探っているといえるのではないか。オリジナルな生き方は、目を凝らしてみれば、あちこちに転がっているに違いない。

「桜紅葉（さくらもみじ）って呼ぶんですって」

母親の櫻子が緋桜に教えた知識に、わたくしも耳を傾ける。

物事にはいくつもの側面がある。同じ現象でも裏をかえせばまた別の見方があるのだということに、忙しさにかまけてばかりいると気づけないこともある。

「一階の玄関先にコスモスが飾ってありましたけど」

客がふと漏らす。

「そういえばコスモスって秋の桜って書きますもんね」

緋桜がにっこりと頷いて部屋を出たあとも、その客はしばらく窓の外を見ていた。

忙しい人にこそ、自然を見てほしい。それがほんの数分、数秒だとしても、自然の営みに思いを馳せることで、気分が和らいだり頭がリセットできたりする。俯く顔を、いったん上げる勇気に期待する。

やがて客が再びノートパソコンの画面に向かう。後ろ姿から、焦りのようなものが消えていた。わたくしからはそう見えていた。

*

暑さ寒さも彼岸まで、とはよくいったもので、ようやく凌ぎやすくなったのは、九月も半ばを過ぎてからのことだ。

「なんだか寂しいわよ」

明るさがとりえの櫻子が、珍しくそんなことを漏らす。花屋の都子から、今週はワークショップが立て込んでいて忙しいと聞いていたので、櫻子に頼んで実家の庭のススキを採ってきてもらった。穂が豊かに揺れている。

「寂しい？」

緋桜が耳を疑う。

「私は秋が来るとやったーって気分になるけど。お母さんだって暑いのは苦手じゃん」

意外だと驚く緋桜に、

「もちろん暑いのはいやよ。過ごしやすくなるのは大歓迎。だけど、どことなく物悲しく感じちゃうのよね。緋桜にはそういう悲哀、まだわからないでしょうけど」

顔を背けながらいう。

日暮れが早くなり、だんだん冬に向かう季節に切なさを感じるようになったのは、いつからだろうか、とわたくしも自らに尋ねる。

「そういうもの？」

まだ若い緋桜は、先細っていく人生があることなどに、考えも及ばない。けれどもいまはそれでいい。いまを真っ直ぐに生きてほしい、そう願う。

その声が櫻子に届いたのか、開けた玄関から、わたくしのそよぐ葉に彼女が目を向ける。

「ヤマザクラの葉っぱもだんだん色づいてきたね」

といったあとで、

「桜切る馬鹿、梅切らぬ馬鹿」

と、わたくしにはお馴染みの諺(ことわざ)を口にした。

「なにそれ？」

緋桜がはじめて耳にした、と説明を求める。櫻子は、話していなかったっけ、と問うたあとに、解説する。

桜は枝の切り口が腐りやすい。剪定には用心しなくてはならない。一方で梅は剪定を怠ると、花つきが悪くなる。それぞれの木の扱いかたを間違えるな、という意味だ。

「ただね、それが転じて、人の育てかたにも使われたりするの。個性を大事に、ってね」

人の育てかたの正解はひとつではない、だから個性を見極めることが大事なのだと戒めているのだ。櫻子夫婦の子育てが彼らなりに正しかったのか、もちろん答えはない。けれどもこうしてまずは緋桜が健康に、そして朗らかな娘に育ってくれたことに、よかった、とわたくしも櫻子ともども安堵する。

桜は枝から菌が入りやすい。ただ、だからといって全く剪定をしないのが正解かと問われれば、それも違う、と反論したくなる。

桜は、新たに伸びた枝についた葉の付け根に芽を作る。長く伸びる枝には葉の芽、花の芽が作られるのは、比較的ゆっくりと伸びる短い枝だ。剪定後、すぐに花を咲かせる可能性は低い。その点、梅は枝に、葉芽と花芽を同時に作ることが多い。剪定した翌年も花が咲く。古い枝を剪定することで、より元気のいい花が咲くともいわれている。

わたくしは自らの枝に目を落とす。枯れた枝は艶を失い、驚くほどに細く、か弱くなっていた。このまま老いていくばかりなのか、と漏らしたため息が風となり、また葉を散らした。

中秋の名月に向かう月は、まだ三日月のうちから放つ輝きが特別なように見える。新月として生まれたときから名月になる使命を帯びているのかとすら感じる。その宿命は羨ましい一方で、抗えないことが気の毒にも思えてくる。

緋桜は庭にヤマザクラのある屋敷を持つ家に育って、幸せだったろうか、もしかして他に進むべき道があったとしても、選ぶ余地がなかったことは、惜しむべきことなのだろうか。早い日暮れ時には、そんなことに思いを馳せてしまう。

＊

『キャフェ　チェリー・ブラッサム』の閉店時間は十八時だ。十七時を過ぎれば日は暮れ、まもなく満月を迎える月の登場をまだかまだかと待ち侘びる。

「まだ大丈夫ですか？」

暗い庭を背に、玄関先に女性客が現れた。

「はい、十八時までですけれど」

店内に招き入れたところで、ようやく瑞歩だと気づく。悠斗くんの姿は見えない。

「あれー、こんばんは。自転車は……」

と目を泳がすと、

「歩いてきたの。ひとりで」

と小首を傾げた。緋桜が客にスリッパを薦め、屋敷に案内すると、素敵なお店、と声を漏らしたあと、

「いつか入りたいって思っていたのよ。ようやく実現したわ」

とくっきりした二重瞼を瞬かせた。仕事帰りのスーツ姿ではなく、今日はブルーのシャツにデニムとカジュアルだ。肩からかけているストールは毛布のように厚手で、暖かそうに彼女の身体を包んでいる。

緋桜が先に立ち、奥に導く。

「すっかり夕暮れが早くなりましたね」

廊下の照明が、オレンジ色の光を漏らしている。

桜の部屋に通し、オーダーを聞いて緋桜が厨房に戻る。菓子と茶を用意し、部屋に戻ると、瑞歩が慌てて背筋を伸ばした。

「はじめてなので、どうしていいのか。お茶のお作法とかわからないのよ」

と恥ずかしそうに顔を伏せる。

「お作法なんて必要ないんですよ。ゆっくりしていってください」

テーブルに菓子皿を置くと、

「あら、かわいい」

笑みが溢れ、と同時に緊張がほぐれたのか、全身が弛緩したように見えた。

丸い陶器の皿に、うさぎと月の形をした小さな羊羹が並んでいる。羊羹を野菜用の抜き型で型抜きしたものだ。

「もうすぐ中秋の名月ですので、こんなお菓子をご用意しました。月と兎です」

型抜きしただけで、こんなにキュートになるんですね、と瑞歩は顔を綻ばせ、

「ひとりの時間なんて久しぶりよ」

と漏らす。

悠斗くんはお留守番ですか？　と尋ねる緋桜に、彼女が肩を竦める。

「ちょっと、家出」

家出という年頃でもないだろうにと、緋桜が続く言葉を待っていると、

「夫も子どもたちも自分勝手でね。なんでも母親がやってくれると思っているのよ。だから、もうお母さん、ちょっと出てくる、ってね」

悪戯っぽくウインクする。いつも保育園に送り迎えしている悠斗くんのほかに、小学生の娘さんもいるそうだ。子育てと仕事の両立は想像以上に大変なのだと、ため息を漏らす。

「仕事はいいのよ。やりがいもあるし」

『キャフェ　チェリー・ブラッサム』の庭先で自転車のタイヤの空気が抜けていたのに気づいたのは、産休と育休が明け、職場復帰して間もなくのことだったそうだ。大変ではあるけれど、仕事は頭の切り替えになるんだ、と話してくれたことがある。

「仕事しているんだから、夫と対等なはずなのに、育休が明けても相変わらず子育ては

私の担当」

いわゆるワンオペだと呆れる。

「先週なんかね、部署の子の送別会があったから、息子のお迎えを頼んだら、俺だって飲み会は減らしているんだぞ、とかいいだして」

あまりに呆れ果てているのか、怒っているというよりも、諦めている風な口調で続ける。

「飲み会減らしているって、これまで週五だったのが週三になったってだけなのよ」

「よく聞きますよね。自分だってちゃんと子育てに参加しているって思い込んでいるけれど、ちっとも役に立っていないって」

緋桜も合いの手をいれる。

「息子はお迎えはママじゃなきゃ嫌だって泣くし、娘は高学年になった途端、生意気になっちゃって。いまはおしゃれに夢中で、小遣いが足りないとかぶーぶーぼやくし」

一気呵成に溜まっていた鬱憤を吐き出す。

「それで家出してきたんですね」

「そ。わずか数時間の家出」

たまには懲らしめてやらなきゃ、少しは母親のありがたみをわかってくれるでしょ、と力強くいい切ったあと、表情を崩した。

「でもね。仕事を続けるのは私のわがままかな、と思うこともあるの。夫の収入だけでもなんとかやりくりはできるのに、私が働くことにしがみついているだけじゃないか、とかね」

そんな自分もまた、夫や子どもたち同様に身勝手な行動をしているのかもしれない。時間にあくせくするような大変な日々が続くと、仕事を辞めるべきなのかも、という想いが頭をもたげなくもない、と続けた。

「こんなに無理してまで続ける意味なんてあるのかな、なんてね」

わざと明るい口調で話す。それがより彼女の悩みを鮮明にさせた。

「頭を整理したくって……」

ぽつりと漏らした。

「束の間の家出、ゆっくり楽しんでいってください」

この屋敷を開けていてよかったな、緋桜はそんなことを思っていたようだ。誰かの逃げ場や隠れ場、自分自身を取り戻す場としても存在していることに、えもいわれぬ喜びを感じていた。窓の外に、明るい月がゆっくりとのぼりはじめていた。

＊

紅葉のことを、赤や黄に葉が色づく、という。実はそれは正確な表現ではない。気温が下がるにつれ、光合成に必要な緑色の物質が葉から枝に戻され、もともとあった黄色が目立ってくる。つまり青の色素が抜け落ちて黄色に見えるのだ。

などというと、秋の風情が半減してしまうだろうか。それではもうひとつ。緑から黄、やがて赤へと変化していくのが常だが、赤色になるのは、枝に戻されずに残った一部の養分が分解されて、赤色の色素をつくるから。それも葉が落ちる前のほんの僅かな期間だけ、というのは知っているだろうか。

人々がこぞって紅葉を楽しむのは、儚く散る桜の花を愛でるのと同じ心情なのだ。

気温がぐっと下がり、わたくしの葉も緑から黄へと変わり、赤色になっている葉もちらほら散見するようになってきた。

久しぶりに奥野が来店したのは、しばらく続いていた雨が、やはり変わらず降っていた日のことだった。この時期、梅雨時や春の雨に比べても、雨量が多くなることがある。そしてこの雨が過ぎると、季節が秋へと移行していく。

「最初にいらしたときも雨模様でしたね」

ブルゾンについた雫(しずく)を、ハンドタオルで拭いながらも、カウンターの花に目をくれている奥野に、緋桜がにこやかに声をかける。

今朝方、都子が「ようやく菊の最盛期になった」と小菊ばかり十本ほどの大きな束にし、持ってきてくれた。白、黄、赤紫、黄緑と色とりどりの小菊が、花器にした漆の片口の赤色に映え、とても華やかだ。雨空で薄暗い店内で、そこにあかりを灯したように生き生きと輝いている。

菊から緋桜へと移した奥野の目が丸くなる。

「そんなことまで覚えてくださっているんですか」

「ちょうど桜が開花したばかりの時期だったので、記憶にあるんです」

あの日は花冷えのする曇天で、奥野夫妻が在店しているうちに細かい雨が降り出した。

実は僕、雨男なんです、と苦笑した奥野が、

「そうでしたね。あの日は桜が咲いていたんだ」

と懐かしそうだ。

「この雨で紅葉が進みそうです」

桜の部屋へ案内した緋桜が、窓越しに雨に濡れるわたくしを見る。

「あっという間ですね」

しんみり呟いたあと、

「私たち夫婦は、出会ってもう四十年なんですけれど、あっという間でした。でも気づけばお互いもう若くない年になっていました」

と自らのことへと準えた。

そう、わたくしの花が咲いていたのは、わずか数ヶ月前だというのに、と、浴びていた日差しの眩しさを思い出す。と同時に、それは若い者への羨望へと変わる。畏れることなく、進んでいく姿を逞しく思う一方で、もう先が見えている老成の苦しみも思う。

オーダーを受けて緋桜が部屋を出ると、ひとり残された奥野が大きな息を吐いた。窓越しに窺う彼の後ろ姿は、その年齢以上に老けて見える。

菓子と茶を盆に乗せ、緋桜が戻ってくる頃には、奥野はすっかり頭を垂らしていた。

「お茶とお菓子、お持ちしました」

どう声をかけていいのか、と戸惑いながらも緋桜が盆をテーブルに置くと、奥野がゆっくり顔をもたげる。盆の中の一口大の落雁に目をとめると、ああ、と柔らかな笑みを浮かべた。

「菊ですか。玄関にも飾ってありましたね」

菊の花を単純化させた意匠の菓子だ。本格的な秋を迎え、さまざまな菊の菓子を緋桜は見つけては、提供していた。

「いつも活けてくれている花屋さんに教えていただいたんですけれど、これからが菊の最盛期なんだそうです」

へえ、と聞いていた奥野が、

「重陽の節句とは時期がずれるんですね」

と尋ね、すぐに、そうか、旧暦だからか、とひとり合点がいったように頷いた。

的確な指摘に、「お詳しいですね」と緋桜が感心していると、

「エラの影響ですよ」

と恥ずかしそうに笑い、やがて静かに首を横に振った。

「僕は彼女との共通言語が欲しかったんです」

笑っているのに、どこか泣いているようにも見える。絞り出すような声でぽつぽつと、話しはじめた。

日本好きの妻の趣味に合わせ、神社仏閣巡りをしたり、ふたりで和カフェに出かけたりした。

「一緒に行っているうちに、僕のほうが嵌まってしまってね。こういうの何ていうんでしょう。ミイラ取りがミイラになる?」

奥野が肩を竦める。自分の友人の妻が自宅で家庭料理を教えているというのを知れば、彼女に薦めたりもした。そういう場でも妻はすぐに馴染み、友達もできた。

「明るい人ですから。いつも笑っているんです」

慣れない土地なのに、エラはこれまでずっと楽しそうだったんだ、と遠い目をする。

「定期的に本国には帰ってもいたんですよ。でも彼女が日本が好きでずっと住み続けたがっていることを、僕は疑いもしなかった。だって楽しそうだったから」

同じ言葉を重ねた。

「でも、違ったんです」

「違った？」

静かに聞いていた緋桜が反応すると、奥野はいったん言葉を切り、茶を啜る。盆に目を落とし、これ、桜ですね、と話とは関係のないことを口にする。

「桜？」と緋桜はぽかんとする。菓子は菊なのにな、と黙っていると、盆に手を添える。

「このお盆。桜細工」

奥野は盆の材質のことを言っているのだ。確かに彼の手元のその盆は、桜の樹皮からつくられていた。母親の代から使っている盆だ、と緋桜が頷く。

「先週のことです」

奥野が話を戻した。その日、仕事の予定が変わり、彼はいつもよりも早く帰宅したんだそうだ。

「エラはクッキングスクールへ行く日だったので、普段なら彼女もまだ帰っていない時間だったんです」

リビングに入ると、妻が電気もつけずにぼんやりしていたという。電気をつけると、彼女が、慌ててテーブルの上のものを片づけはじめた。「早かったわね」という声が掠れているのが気になって顔を見ると、目が赤くなっていたそうだ。

「泣いていたんでしょうね。テーブルに置かれていたのは、彼女の両親や友達から昔届いたエアメールや写真の類でした。あとで友人に聞いたら、スクールにはもう何ヶ月も顔を出していなかったんだそうです」

茶室には秋雨のザーザーという音だけが聞こえていた。どこかで秋の虫も鳴いているはずなのに、それはみな雨の音にかき消されていた。

「若い頃は刺激が楽しみに変わりますし、新しいことにも挑戦したくなるんです。けれども年を取ると、やっぱり昔が懐かしく思えるんですよね」

定年になってからの第二の人生の場所に、かつて生まれ育った故郷を選ぶ人の心境がわかる気もする、と漏らす。

「食の好みとかもね、だんだんお袋の味が恋しくなったりもしてくるもんです」

母親の味が恋しいだなんて、お恥ずかしいのですけれど、と頬を赤らめる。僕がいつしか日本文化に傾倒していったのも、妻の影響がきっかけではあるけれど、元々持っていたアイデンティティーが関与しているのだろう、と自身を分析する。

「僕が彼女との共通言語を欲したように、彼女も僕との共通言語が欲しくて日本文化を好きになってくれていた。いまはそんな風に思います」

緋桜が相槌を打つ。

「僕を心配させまいと健気にいつも笑ってくれていたんです」

申し訳ないことをした、と呟く奥野の声はか細く、瞬く間に雨の音に紛れてしまう。

わたくしの葉は、来年咲く花の芽を守る役割がある。しかし、夏の日差しを栄養にし、しっかりと育った花芽は、やがて冬の眠りに入る。そうなると葉はもう役目を終えることとなって、紅葉し、散っていく。冬に備えて葉を落とすことが、役割へと変わる。

成熟した彼らは、どこに向かえばいいのだろうか。お互いを労わりあって生きてきた夫婦の役割は、年を重ねることで変化していくのだろうか。

「僕の友人関係とも無理して付き合ってくれていたのかなと思うと、忍びなくて。日本に来ることとなく生きる人生もあっただろうに。もし故郷に帰って暮らす未来があるのなら、その手助けをするのが僕のこれからの役目なのではないか、と思ったりもするんです」

――梅が香を　さくらの花に　匂はせて　柳が枝に咲かせてしがな
梅のいい匂いを桜の花に付け、長い柳の枝に咲かせたい。無いものねだりをしても仕方ない。でもこうだったなら、ああだったなら、そう憶測することで、自らの行動を悔やむ。

梅は梅のよさ、桜は桜の美しさ。それぞれのいい面を愛でる、それでいいのではないか——。

時折ざっと吹く風に、葉が一枚、一枚と落ちていく。真っ赤な葉の裏は薄い赤色で、それは夕焼けに似ている、とすっかり日の暮れた庭で思う。

*

今年は夏の暑さをいつまでも引きずっていたけれど、季節はちゃんと移り変わっている。わたくしの葉は見事に紅葉したのち、落葉をはじめていた。

「虫食いかあ」

屈んで、落ちた葉を拾い上げた緋桜が、葉をくるくると弄(もてあそ)んでは、わたくしを見上げる。

「木に虫が付いちゃっているのかなあ」

触れられた幹が、ゴツゴツと硬く黒ずんでいることに、我ながら驚く。

ヤマザクラの幹は、若い頃は紫がかった色をし、艶もある。短い横筋が目立つのも特徴だが、年老いたわたくしの幹には、縦に裂け目があるばかりだ。かつては上向きで真っ直ぐに伸びていた枝振りも、いまは横向きに伸びているかのようにも見える。それは自身の重さに耐えられず、枝が下がってきているからだ。いつしか木全体が、丸みを帯びた形になっていた。

年老いた木を見上げる緋桜の表情がぼやけ、よく見えない。

桜の葉に丸い穴を開けているのは、主に蝶や蛾の幼虫だ。食べた葉は糞となり、土と混じる。その土は桜の木を成長させる養分になる。だから葉を食べる虫は桜にとっては役に立つ生き物なのだ。

朝方、まだ暗いうちに散歩にきた柴犬が、足元の落ち葉を掘っていた。おそらく葉の下に潜む虫が目当てなのだろう。老人がそろそろ帰ろうかとリードをひいても、足を踏ん張ったまま、土遊びに夢中になっていた。

春に花粉を運ぶのはメジロ。ムクドリやイタチが実を食べ、エナガは巣を作る。幹から出た虫を食べるのはキツツキの仕事だ。アリは葉から出る蜜をなめると同時に、葉を食べる昆虫を捕える共生関係を築いている。

こうしてみると、ひとつの木には多くの生き物が関わっている。自分ひとりで成長してきたと思ってはならぬ、と自らを戒める、そして、一見、害に見える虫ですら、成長の手助けをしてくれているのだと知れば、どんなにか落ち着いた心持ちでいられるか。

それに大木は、そこにあるだけでほかの生き物の越冬や居場所にもなっている。

ただ、それに気づくのは容易ではない。いま庭でぼんやりとわたくしを見ている緋桜も、脈々と引き継がれた命の一雫なのだと、いつかわかる日がきっと来るだろう。

*

さてその親子が店にやってきたのは、秋も深まった日のことだった。まださほど遅くない時間なのに、庭先は暮れかかっていた。

「いらっしゃいませ」

緋桜がスリッパを出し、明るい屋敷内に案内しようとすると、

「今日はご挨拶に伺いました」

と、私たち親子なんですけれど、と前置きしてから、母親のほうが改まった口調で引き留めた。二つ先の駅名を口にし、そこから来たのだと自己紹介した。

暗い庭を背にしているから、顔の表情までは窺い知れないが、声からは、潑溂とした様子が感じ取られた。

カウンターに活けられた雌蕊（めしべ）の黄が鮮やかな白い可憐な草花をみて、

「あら、秋明菊」

と母親がいうと、

「菊？　これが？」

娘が驚く。

枝分かれした細長い茎が揺れ、なんとも和花らしい風情だ。

「ところがこれ、菊の仲間じゃないのよ」

思わぬ言葉に、今度はええ、と緋桜が驚きの声をあげた。

「キンポウゲ科の草花。アネモネと一緒なの」

と、母親が鮮やかな洋花の名を挙げた。

活けてくれた都子から花名を聞いて、勝手に菊の仲間だと緋桜も、そしてわたくしですら勘違いしていた。

「わからないものですよね」

それも致し方ない、と母親が緋桜と娘の顔を交互に見て、声をあげて笑った。

「茶花よ」といい、

「それでよく知っているのか」

と、娘が母の横顔をさりげなく窺った。

ソメイヨシノは、接木や挿木でしか増やすことができない。だからいま日本に咲くソメイヨシノの全てが同じ木のクローンなのだとは前にも説明した。

一方、ヤマザクラは種で増やすことができる。ただ、親の種を蒔いても、同じ花を咲かせるとは限らない。木によって花の大きさや形、色には違いがある。親と子が性格も容姿も同じだと思ってはならないのは、人間も同じだ。

玄関のあかりにふたりの姿が浮かび上がる。母親は六十代くらいだろうか、人当たりのよさそうなほがらかな女性。すとんとしたシンプルなワンピースに、紺のコート姿だ。娘のほうは緋桜よりもやや年上で、金に近い茶に染めた髪をひとつにまとめ、白のニットに、くるぶし丈のアイボリーのロングジャケットを羽織っている。

「あの……」

まれにだが、営業や取材などで屋敷を訪れる人もいる。この親子は何が目的なのだろうかと勘ぐりながら緋桜が戸惑っていると、ご挨拶が遅れました、と頭をさげた。

「実は私たち、和菓子を作る仕事をしているんです。こちらのお店は契約されている和菓子屋さんがあったりしますか？」

「いえいえ」

契約だなんてとんでもない、と緋桜が手を左右に振る。規模が小さい店なので、必要量をあちこちの和菓子屋に買いに行っているのだというと、

「それは大変ですねえ」

と驚かれる。母親の口調からは、もちろん自分たちの和菓子を仕入れてほしいという目的はあったにせよ、心底、気の毒に思っているのだと感じられ、緋桜は思わず、

「ええ。手間はかかるんですけれど、予算もありますし。それにその都度、和菓子屋さんの店頭に出向くのも、季節を感じられていいんですよ」

と正直に打ち明けた。本意が伝わったのか、母親が、それは納得、と頷き、

「ね、お茶していこうか」

と娘を誘う。どうぞ、と緋桜がスリッパを用意すると、玄関先で躊躇いなく靴を脱いだ。

ふたりを案内しがてら、緋桜はこの店のことを話す。はじめての客ではあるけれど、近しい職業だけに身内のような気安さを感じたからだ。

「おばあさまの代からなんですね。じゃあ創業はかなりになるんじゃないですか？」

娘に訊かれ指を折りながら、ああ、そんなに、と緋桜自身が驚く。

「和菓子屋さんは、お母さまが始められたんですか？」

興味を持って尋ねる質問に、母親がてきぱきと答えていく。

「いえ、夫の家業です。私は和菓子屋に嫁いだだけ。夫は会社員で、いまも一般企業に勤めているんです」

職人は夫の父親で、はじめは彼女も義母とともに店に立って、接客を担当していたんだそうだ。

「でも、見ているうちに私も作ってみたくなっちゃって。それで閉店後に毎晩、義父か

ら修業」

先代夫婦の引退後しばらくは、自分がひとりで和菓子を作りつつ、店にも立っていたそうだ。

「この子が一人前になったいまは、それなりに余裕もできてきたんです。そうしたら、店でお客さんを待っているだけなのも勿体ない気が、ね」

いまは老舗店での修業を終えた娘さんと仕事を分担し、近隣のカフェに卸したり、催事に参加するなど活動の範囲を広げているのだそうだ。

「おふたりはどんなお菓子を作られるんですか？」

尋ねてみると、

「最近は、茶道のお菓子に力を入れていますね。正式なお茶席だけでなく、茶室を利用した気軽な呈茶(ていちゃ)をされている方からもご依頼いただいています」

娘がすっと背筋を伸ばして答える。佇まいがなんとも美しい。

「ああ、それでお花のこともお詳しいんですね」

さっき秋明菊のことを茶花だと教えてくれたのを思い出し、深く納得する。ふたりの姿勢に緋桜が信頼を寄せる。

「定期的な契約は難しいんですけれど、単発でお願いすることもできるんですか？」

「もちろんです」

娘の目が輝き、それを眩しそうに見る母親の視線がまたあたたかい。菊の季節にふさわしい菓子を探していたところだ、と緋桜がいうと、

「もちろんご用意できます」

と嬉しい返事を貰えた。

「お役に立てるなんて嬉しいわ」

と母親が頭を下げ、添田(そえだ)です、と名乗り、皐子(こうこ)、と娘の名を続けて伝えてきた。

あらたな挑戦に、緋桜がわくわくしている。さてどんな和菓子が用意されるのか、わたくしまでソワソワし、からだを揺らすと、葉がパラパラと音をたてて落ちた。

添田親子を見送る時間には、庭はすっかり暗闇の中にあった。

「ひおちゃーん」

声の主に、緋桜が手を振って駆け寄ると、口から漏れた息が白くなって漂った。秋がすっかり深まっている。

「寒いから風邪ひかないようにね」

悠斗くんを気遣うと、

「僕は大丈夫。だってママを守るんだもん」

と母親の耳たぶに、自分の手袋をはめた両手を当てる。勇ましさに、ぷっと噴き出すと、自転車のハンドルに手をやる瑞歩が、

「なんだか最近は、正義の味方モードなのよ」

とこそばゆそうに笑った。

「いい薬になったみたい」

と小声で漏らした声は、自転車の後部座席で保育園で習ったばかりの歌を機嫌よく口ずさんでいた悠斗くんには聞こえなかったろう。瑞歩のキビキビとした身のこなしから、仕事での充実ぶりも感じ取れる。漲(みなぎ)るパワーと彼女の心意気にカッコいいな、と緋桜は憧れの眼差しを向け、

「たまには、ぜひ。息抜きの家出を」

と、すかさず耳打ちした。

*

枝を揺らす風の冷たさに身を縮ませていると、足元に包み込まれるようなぬくもりを感じた。そんな気配とともに見下ろすと、緋桜が竹箒で落ち葉をわたくしの根本に集めていた。

「落ち葉がずいぶん溜まりましたねえ」

の声に振り返ると、犬を連れた老人がにこやかに笑って立っていた。

「おはようございます」

緋桜の出勤時間と彼らの散歩時間には、ずれがある。わたくしにはすっかり馴染みの彼らだが、緋桜にとっては見知らぬ相手だ。気さくに声をかけられ、若干戸惑っているようだ。控えめに会釈をする。

冬に向かいすっかり毛をふさふさに蓄えた柴犬が緋桜の臭いを嗅ぎまわり、どうやらこの人物は安全だ、と理解したのか、尻尾を大きく振った。

「まあ」

犬に懐かれて嫌な気持ちになる人はあまりいないだろう。飼ったことはない緋桜でも、好意を見せられれば、自然と笑顔になる。

「ほら、お姉さんの邪魔しちゃダメだよ」

と老人が軽くいなす。

「毎朝、散歩でこの道を通っているんですよ」

落ち葉掃除が思いのほか時間を要することがわかり、緋桜は今朝、普段よりも三時間も早く出勤してきたのだ。犬がくんくんと嗅ぎ回っては落ち葉を踏む。そのたびにカサコソと乾いた葉の音がリズムとなる。楽しそうに落ち葉遊びをする犬を微笑ましく眺める老人に、

「落ち葉はこうして木の根本に、っていうのが祖母の代からの教えなんです」

と、緋桜が白い息を吐く。

かつての支配人も、こうして落ち葉を集めていたな、とわたくしはまだ若かった時分のことを懐かしく思い出す。

「落ち葉の下には、虫が隠れているのよ」

そんなことをいいながら、八重はまだ子どもだった櫻子に教えていた。櫻子がおそるおそる葉をめくると、そこにはミミズやダンゴムシがいて、おてんばの彼女は、怖がるどころか、きゃっきゃと喜んでは、虫にちょっかいを出していた。

「冬の間、虫さんのかくれ家にも食べ物にもなるんだから」

自分の落とした葉が貴重なもののように思え、わたくしは誇らしくもなる。

「落ち葉は土を豊かにするの」

葉が肥料となり、栄養を蓄えた土は、やがて新しい草木を育てる。

「ぐるぐると廻るのよ」

かつての支配人は、確かそんな表現を使って娘に教えていた。葉は芽を守る役目を終えて落ちるけれど、それはまた木を大きくする力へと変わる。

すっかり年老いたわたくしが、若い彼らに伝えられることはまだ残っているのだろうか。堪える寒さが、もう時間は僅かだと伝えてきている。

木枯らしが吹き、せっかく緋桜が集めた落ち葉が舞った。いったんは落ち着いて佇んでいた犬が立ち上がり、それを愉快そうに追った。

＊

カウンターに飾られた花は濃いピンク色のサザンカだ。ツバキと見た目は似ているけれど、散り方が違うんだ、と都子は落とした葉を集めながらレクチャーする。

「ツバキは花のまま落ちるでしょ」

花の寿命が来ると、一つの花が丸ごとぽとりと落ちる。首から落ちる様子に江戸時代の武士たちは縁起の悪さを感じたとも伝えられている。

「けどサザンカは違うの」

同じ科の花ではあるのだけれど、と前置きし、

「花びらのつき方が違ってね、一枚一枚パラパラと散るの」

「じゃあ、散り際がポイントなんですね」

教師に教わる生徒のように、いい返事をし、

「今日、ワークショップの開催日ですよね。お忙しいのにありがとうございます」

と緋桜が礼を伝える。今日はこのあと添田親子の菓子が届く。見せられないのが残念だけど、と伝えると、都子はにこりとし、

「毎回参加してくれる熱心な参加者がいるのよ。期待に応えなきゃって、カリキュラムのバリエーションにも頭悩ませちゃうわ」

と、おどけた調子で両肩を竦めた。リーダー格の女性で、彼女がいると場が明るくなるので助かるのだ、と参加者のことを評した。今日の講座では山紅葉を寄せ植えしてミニ盆栽を作るんだそうだ。

「丁寧に下処理をして植えれば、かなり長く楽しめる盆栽になるの。ちゃんと紅葉もするのよ」

こまめに世話をする必要もあるけれど、それも持たせるためには大事なことだから、しっかりと教えたいんだ、と準備にも抜かりがなさそうだ。

「自分で寄せ植えしたものなら、きっと愛着も湧いて、かいがいしく世話したくなるのではないでしょうか」

以前、都子が花の気持ちがわかる、と話してくれたことを思う。大切に扱う姿勢は、きっと参加者の心も動かすだろう。

「でしょ。その場限りで楽しむ切花もいいけど、末長く育てる植木もいいものよ」

「ご自宅で紅葉狩りができるなんて、贅沢ですもんね」

羨ましがる緋桜に、参加者の喜びを想像したのか、都子が大きく頷いた。

「そろそろ可奈さんの作業場もできあがるんじゃないですか？」

可奈が使っている足踏みミシンが置けるように、床の改修工事をするのだ、と少し前に聞いていた。何気なく訊いただけなのに、それまで喜々としていた都子が途端に顔を曇らせ、言い淀んだ。

「工事はもうすっかり終わっているんだけどね。可奈さんお忙しそうなの」

投げやりな口調が都子らしくなかった。そのまま顔を伏せ、それじゃあ、とそそくさと屋敷をあとにした。

*

十一時半きっかり、約束通りの時間に、和菓子屋の添田の娘、皐子が玄関先に立つ。

「お約束のお菓子、お持ちしました。このたびはご用命くださりありがとうございました」

背のすっと伸びた姿勢は今日も美しく、ミルクティーに似た髪色も、秋の深まりの中で鮮やかに映えていた。

手渡された白い紙箱を開ける。

「わあ、綺麗」

緋桜が無邪気に感想を伝える。

ひとことに菊の菓子、といってもさまざまだ。そもそも菊の花は種類が多い。形や大きさの印象も違う。それらをどう菓子の意匠に落とし込むのか。想像を超える。

皐子が持ってきた菓子は、一口大の上生菓子で、赤や黄、茶など色とりどりに色づけされている。よく見ると、ヘラで作った花びらの形状がそれぞれ違っていて、ひとつとして同じものがない。

「さまざまな菊が集まった様子を表現してみたんです」

まるで菊の花束のようだ、と緋桜がうっとりする。少し言い淀んでから、

「実はもうひとつテーマがあって」

と、皐子が切り出す。

「菊でもあるんですけれど、桜でもあるんです」

「桜？」

そういわれ、改めて菓子箱を見るが、桜に似た淡いピンクの菓子は見当たらない。

「晩秋の桜の姿。つまりいま色づいている桜の紅葉。その色を連想して作ってみたんです」

たしかに並ぶ菓子には、わたくしの落ち葉の色に似たくすんだ赤茶のものもあった。

「ええ、すごい！　そんなことまで、考えてくださったんですか」

緋桜が感激すると、いえ、と一瞬かすかに表情を崩したが、

「喜んでいただけてよかったです」

ぴっと音のしそうなほどの礼儀正しいお辞儀をし、店をあとにした。

帰り際、木戸越しに皐子がわたくしを仰ぎ見て、大きな木、敵わないな、とそんな言葉を吐いた。

*

その頃、ひとりの背の高い女の子が、『キャフェ　チェリー・ブラッサム』の前を行きつ戻りつしていた。丸い目が印象的な彼女が、玄関の前まで来てはまた戻る、を何度か繰り返す。

学校帰りの中学生だろうか。客が出入りする気配を感じると、慌てて屋敷の陰に隠れてしまう。ようやく意を決したようにドアノブに手をやったかと思うと、それを引くことなく、肩を落とし、屋敷に背を向けた。

*

そろそろ店を閉じようか、と玄関に緋桜が様子を窺いに出る。まだ夕餉前の時間帯なのに、外は真っ暗だ。その暗闇から人が現れたので、緋桜は思わずドキッとしてしまう。

「ああ、都子さんかあ」

見慣れた姿にホッとし、

「お忘れものでもありましたか？」

と声をかける。今朝活けてくれたサザンカは、まだ蕾を開く気配はない。

「ごめんなさい。もう閉店よね」と言い淀んでから、

「和菓子屋さんに注文されたお菓子、今日届いたんでしょ。私もいただきたいな、なんて思って来てみたんだけどね」

と早口でいう。

「店はそろそろ閉めようかと思っていたんですけれど、ちょうどよかった。私もお茶したいと思っていたので、ご一緒にいかがですか？」

いつになく元気のない都子の様子が少し気がかりだった。緋桜は都子を招き入れ、かわりに、表に出していた看板を下げ、玄関の外灯を消した。

「これで誰も来ないから、と」

わざわざ口に出したのは、都子に気にせずに寛いでほしい、そう思ったからだ。

「ごめんなさいね。閉店時に乱入。迷惑なヤツって思わないで」

顔を赤らめ、「でも聞いてもらいたかったの」と小さく漏らした。

厨房のテーブルを片づけ、緋桜が手早く茶の用意をする。「わあ、かわいい」と添田親子の菓子を手に笑顔を見せたあとで、都子がゆっくりと話し出した。

「今日、ワークショップだったでしょ。ほら、いつも参加してくれるっていう方、今回もいらしてくださってね」

ミニ盆栽作りに参加した生徒は、総勢八名だったという。毎回欠かさず参加するリーダー格の熱心な受講生がいることは聞いていた。

「みんなで楽しく作業してね、終わったあとにお茶する時間を設けたの」

クールダウンと歓談のためにいつも、講習のあとにはコーヒーを出しているのだそうだ。

「そうしたらその方がね、おもむろにパンフレットを配りはじめてね」

それは生命保険の冊子だったという。

「私も驚いたけど、他の参加者さんもびっくりしちゃって」

勧誘目的だったのよ、と都子は呆れたように首を横に振る。

「私の講習が好きで来てくれていると思ったから、余計ショックだった」

虚しさが伝わる。

「でも主宰者としてぼうっと見ているわけにもいかないでしょ。こういうのはやめてくださいね、って注意して、パンフレットは回収したわ」

場が白けたけれど、それは仕方ないことだ、後悔はしていない、と続ける。

「その人もね、都子さん、ご迷惑をかけてしまってすみませんでした、って帰り際に謝ってくれたから、もう終わったことなんだけど。なんともやりきれなくて、いてもたってもいられなくなっちゃって。そうだ、緋桜さんのところで美味しいお茶とお菓子をいただこうって。思わず山を降りてきちゃったの」

俯いて頭を掻く仕草は、いつもてきぱきとしているしっかり者の都子とは違い、まるで幼い少女のようだ。興奮からか、やりきれなさからか、目尻に涙が浮かんでいた。

「たくさんの方を相手にしていると、いろいろありますよね。私だって、今回お願いした和菓子屋さんのこと、最初はあやしい営業なんじゃないかって身構えましたもん」

もちろん自分たちの活動を宣伝する目的ではあったのだけど、結果的には嬉しい出会いになった、と続けた。

「人を信じるのって難しい。もちろん疑ってかかってばかりじゃ、進展もないけど、はなっから信じて自分がバカを見るのも辛くって……」

今朝方の都子の投げやりな口調を思い出す。もしかしたら二階をアトリエにするといっていた可奈との関係も、あまりうまくいっていないのかもしれない。

「様子を窺いながらやっていくのよね」

うまくいく場合もあるし、いかない場合もある。物事に於いては当たり前のことだけれど、そうやって慣れていくしか方法はないのだ。

菊の花ひとつとってもそうだ。大菊、中菊、小菊とサイズだけでもさまざまな分類があるし、改良が重ねられ、品種の数も多い。野山に咲く野菊、海辺で育つ浜菊など、生育場所も広い。菊に似た、ということで種が違っても菊の名を使う秋明菊もある。見立て次第でいかようにもなる。選択肢に限りなどあってはならない。

菊は古来より不老長寿の薬草として伝わっていた。菊の露を含んだ水を飲むと長生きをする、という伝説もある。わたくしは長寿を願うという着せ綿の儀式にも思いを馳せてみる。延命をしたいわけではない。けれども命ある限り、精一杯日々を費やしたいし、できるだけここに立ちつづけたいとは願う。

自らの身体に刃が入れられる日がひたひたと近づいていることなど知るはずもなく、日のとっぷり暮れた庭で、わたくしは緋桜と都子の会話に耳を傾けていた。

第四章　休眠

黄土色の尻尾をぶるんと振りながら、柴犬が足元に落ちていた木切れを口に咥え、はしゃいでいる。老人はかじかむ手を擦り合わせ、犬が駆け回っているのを静かに見守る。それからゆっくりと目をわたくしに移した。

「長いこと、ごくろうさん」

そんな声が聞こえた気がした。

冬になると、樹木は休眠期間に入る。わたくしもみなと同じく、じっと眠って春を待つ。枝に育った花芽は、いまは芽鱗（がりん）と呼ばれる厚いうろこ状のものに覆われているが、これは芽の内部を寒さから守る役割を担っている。

休眠中は、まるで活動を停止しているかのように見えるかもしれないが、実際は、こうして粛々と翌年の花の準備をしているのだ。

*

昨夜までの雨があがり、今朝は青空が広がった。葉のないわたくしの枝を、緋桜がじっと見上げた。

「花が咲いているみたい」

耳を疑うが、木戸の向こうに現れた都子を庭に誘い、

「花みたいに見えますよね」

と再びそんなことを口にした。

「本当。綺麗ねえ」

都子までそういって目を細める。

「雨の粋な演出ね」

そこまで聞いて、ようやく納得する。枝についた雫が、朝日を浴び、輝いている。それが花と見まごうかのようなのだろう。

「これはさながら桜もどき、かしら」

と命名した都子が、「こっちは梅もどき」と手にしていた花包を緋桜に見せた。

「梅？」

枝にたわわに赤い実がついている。それはわたくしの枝を覆う水滴の風情と似ていなくもないが、正直梅との共通点はあまり感じられない。

「葉がね、梅に似てるっていうのが名前の由来らしいんだけど、ところが残念ながらあんまり似てないのよ」

都子が苦笑する。

「じゃあ、花が似ているとか？」

と緋桜の意見に、都子が首を振る。どうやらもどき、と名乗りつつも花も葉も梅とはさほど似ていないらしい。

「それにね、梅って葉より先に花が開くから、梅の葉ってあまり印象に残らないの。それを似ているっていわれてもねえ」

都子が手にした枝には、実とともに深い緑の葉もふんだんについている。確かに梅との共通点は見られない。けれども古来に中国から伝わり、馴染みの深い梅の名を冠したいのも理解できる。

ひとしきり花の話題が終わると、緋桜が再びわたくしに目を向け、枝先に手を添える。

「ねえ、都子さん、これってどう思います？」

わたくしにはうまく聞き取れない会話がしばらく続いたのち、都子が、

「じゃあ、吉井(よしい)さんにお願いしておきますよ」

と、知らない名を出した。

「助かります。ちょっと心配なので」

緋桜が会話を終え、寂しそうにわたくしを見上げた。

木にも寿命があることはもちろんわかっている。百年あまりもこの地に生えているわたくしが、そろそろそういう日を迎える時期が近づいていることも、薄々勘づいてはいた。だから、ふたりの会話の大半を、耳を塞いで聞かぬふりをしていた。

すべての葉を落としたわたくしの姿は寒々しく、できることは水滴を花に見立てることぐらいだ。哀れな老木は、まもなく切られる定めにあるのだろう。ぶるっと震えたのは、寂しさからだろうか、寒さのせいだろうか。老いていくことを、誰も止めることはできない。それが自然の摂理だからだ。

わたくしはまもなく迎えるその日を、花も葉もない姿でじっと待つ。でもその枝には、来年のための花芽や葉芽が用意されているというのに。足掻く声はしかし誰にも届くことはない。

「それにしても、今朝はいいお天気ね。午後から暖かくなるって予報よ」

都子がわたくしの寂しさを紛らわすかのように、明るい声を出す。

「まさに小春日和ですね」

と、緋桜が気晴らしなのか大きく伸びをした。

初冬の時期に春のようにあたたかな日のことを小春日和と呼ぶ。春、とあるが冬の季語。冬の延長線上に春はあるのだと、そんなことを思い出させてくれる美しい表現だ。一方、本格的な冬の時期には「冬日和」という、これもまた、心があたたかくなるような言葉を使ったりもする。

梅に似ていないのに梅もどき。春ではないのに小春。願望が言葉になる。年老いた桜のわたくしは、いま、なにを望もうか。頭を巡らす。

*

「そろそろ失礼するわね」

気づけば開店時間を過ぎている。都子が足早に屋敷を出ようとしたところで、店の脇で佇んでいた人とぶつかりそうになった。顔をあげると、制服姿の学生が恥ずかしそうに俯いていた。

「あら、ごめんなさい。キャフェ、開いているわよ」

とさりげなく伝え、

「緋桜さん、お客さんよ」

玄関先から奥に声をかけた。

数週間前、店の前で入るかどうするか迷っていた中学生だ。店主にまで声をかけられてしまっては、入るしかない。幾分もじもじしていたが、

「おじゃまします」

ようやく屋敷に足を踏み入れた。


わたくしの葉はすっかり散ってしまったけれど、街路の銀杏はいまが紅葉の盛りのようで、訪れた客からはたびたびそんな会話が聞こえてくる。

日扇の部屋に通された学生も、しばらく落ち着かず目を泳がせていたけれど、

「駅前の銀杏、綺麗だったでしょ」

と緋桜に気さくに話しかけられ、ようやく緊張が解けたようだった。

「中学生？」と尋ねられると、中一です、と答える。おずおずと、

「昨日、近所の公園でスケッチしたんです」

と鞄からリングノートを取り出した。何枚か紙をめくり、銀杏並木が描かれたページを緋桜に見せた。上手ですね、と緋桜がその絵に感心するが、全然です、と項垂れる。

「部活にいるのは天才ばっかり。私みたいな凡人は、相手にもされません」

絵を描くのが好きで、将来は美大に入りたいと思っているのだという。中学で美術部に入ったのはいいが、すでに美大専攻のための塾に通っている同級生もいて、差は歴然だ、とため息を漏らす。

「絵が好きってだけじゃ、ダメなんです。得意になっていた自分にがっかり」

まわりと比較して落ち込んだり、先輩に厳しく指導され、毎日が辛い、と緋桜に訴え、顔を歪める。

「あんなに好きだった絵が嫌いになりそうで怖いです」

「でもこうしてスケッチに出かけたりしているじゃない。それにまだ中学生よね。諦めちゃうのは早過ぎない？」

緋桜は背中を押すでもなく、会話を促すが、

「紅葉した銀杏を描いても、自分の絵の銀杏はちっとも綺麗じゃないんです」

そう呟き、パタッと音をたててスケッチブックを閉じた。

「気の持ちようだよ」

「あまり考えすぎないように」

「ハードルを上げて、追い詰めないで」

「自分は自分、他人は他人」

言葉で慰めるのは簡単なことだ。それを実践することの難しさを考えず、便利な言葉だけで気軽に他人を励ましてはいないか。

おのれの苦しみはおのれにしかわからない。だからこそ、自分が解決するほかないのだ。厳しいけれど、実はそれが一番の近道のようにも思える。

そう自らを顧みてみる。けれどもわたくしの心は一向に晴れることがない。どんなに頭で理解していようとも、そして納得させようと自身に言い聞かせようとも、心の底では行き場のない本当の気持ちがずっと渦巻いている。ただ、寂しいな、という心の声だけがこだまする。

*

寓話『北風と太陽』では、北風が息を吹きかけると、男は身を縮ませ、コートを掻き合わす。太陽に照らされると、解放された心持ちで、コートを脱ぐ。けれども真冬のいまは、夏の太陽を望むことはできない。ひたすらコートが脱げないよう俯き、風が収まるのをじっと耐えるしかない。

その北風に吹かれる男のように、わたくしも真っ向からの冷たい風を受け、目を瞑る。近くで緋桜と知らない老齢男性の囁きが聞こえ、それに耳を塞ぐ。

「これはずいぶん老木ですなあ」

「ええ、枝もすっかり枯れてきて。来春の花も心配になります」

「でしょうね」

「吉井さんにすべてお任せします。都子さんが信頼している庭師さんだっておっしゃっていましたから」

きれぎれに耳に届く聞きたくない会話が、風の音にかき消されるといい、そう願って、再び目を閉じた。

*

ドアが開く音に、緋桜が客を出迎えに玄関に行く。うっとりとした目を見せ、

「いい香り」

と呟くイギリス人のエラと、その横で静かに佇む奥野が待っていた。

緋桜が夫婦を案内しながら、

「今日は雨じゃなかったですね」と声をかけると、

「雨じゃないけど、雪でも降りかねないですね」

と、奥野が窓の向こうを見る。

「雨男じゃなく、雪男」

エラが歌うようなリズムをつけて、夫の肩をそっと叩いた。

「茶室って、ふたりでも入れますか？」

麻の葉の部屋は、小間と狭い。けれども、

「利休さんの茶室は二畳ですもん、広すぎるくらいよ」

即座にエラが千利休が考案した茶室、待庵のことをいう。襖を開けると、床に活けた花が、狭い室内で密な匂いを漂わせていた。

「玄関にあった花と同じ」

エラがすっと息を吸い込む。照明のない床の間で、黄色い花が控えめに灯っていた。

「蠟梅(ろうばい)ですね」

奥野が花の名をいい、

「すっかり詳しくなったのね」

と笑うエラに、

「君のおかげだよ」

慈愛に満ちた眼差しを向けた。

いったん一階の厨房に戻った緋桜が、抹茶碗とともに運んだ菓子は、黒羊羹だ。漆黒のそれが、暗い部屋の中で艶やかに光った。

全てが濃く、凝縮された空間だった。

「よかったら緋桜さんもご一緒しませんか？」

奥野がそう提案し、

「私からもお願いするわ」

とエラからも頼まれ、断る理由がない。本当は夫婦の濃密な時間を邪魔してはならないと思っていた。けれども、だからこそ、自分のようなほかの人間が紛れ、緩和されるほうがいいのかもしれない、とも思えた。

締め切った窓の向こうから、風の音だけが聞こえる。ふたりが菓子を食べ、茶を飲むのを、亭主として眺め、そうか、これは自分が彼らをもてなすと同時に、自らの心も落ち着かせているのだ、と緋桜が理解する。

「いかがでしたか？」

亭主らしく、茶や菓子の味を尋ね、

「たいへん、結構なお味でした」と、それはもちろん決まり文句ではあるのだけれど、だとしても心にしっかりと響く声ではあった。

「ありがとうございます」

自然とそんな言葉が口を突き、

「こちらこそ、いい時間をありがとうございます」

エラがそんなことをいってくれた。

「私、この国が本当に好き。文化も人も。もちろんたまには昔が懐かしく思えたり、ホームシックになったりもするけれど、この人の生まれたこの国が、いまの私の大切な居場所」

お茶もお菓子も、とても美味しかったと頬を緩める。

「だから私を信じて」

エラが奥野を向く。奥野は何も答えず、ただまっすぐに彼女を見た。

「そういえば、この間ひとりで来たとき、桜の皮細工の盆を使ってくださいましたよね」

奥野が静かに切り出す。

「はい」

「桜の皮って横には裂けやすいけれど、縦には強いんだそうです」

あのあと興味が湧いて調べたんだという。その性質を生かし、細くした桜の皮は、木工品を綴(と)じる紐として活用される。

「横でみれば国籍も育ってきた環境も違うけれど、我々夫婦も、縦の強い繋がりがあるんだよな、そんなことを思いました」

桜皮細工は樺細工とも呼ばれる。使うのはわたくしどもヤマザクラの樹皮だ。薄く加工し食器や茶筒に形成されていくが、光沢と色合いは、樹皮ほんらいのものが生かされる。それぞれのアイデンティティーと繋がりが、彼らをあらたなステージへと連れていく。それは年齢を重ねたからこそ手にすることのできる成長だ。

「桜の樹皮は染めものにも使われるのよ。私たちはこれからふたりでどんな色を出すのか。それはとっても楽しみ」

エラが弾(はじ)けるように笑った。

桜の花が美しいのは、満開の状態で散るからだ。枯れてから散るのではなく、美しいまま散る。年老いてボロボロになってから終わりを迎えるよりも、まだ花を咲かせる力があるうちに生涯を終えるのもまた、美しさ。それが意に反していたとしても。

*

夜の時間が最も長い日が冬至だ。この日には栄養を摂るためにカボチャを食べ、身体をあたためるため柚子(ゆず)湯に入る風習がある。諸説あるが、太陽の力が弱まる時期に健康を願ってのことらしい。

わたくしはこの日、必ず『徒然草(つれづれぐさ)』の一節を思い起こす。

――花の盛りは、冬至より百五十日。

つまり、今日の百五十日後には、わたくしの花も開くのだ。現代の開花時期はもう少し早いとはいえ、指折り数えてはみても、それはあまりにも長く途方に暮れる。けれども「百五十日」という目安が、歩む指針にもなる。

そんな昼間の時間が最も短い日、鞄作家の可奈が『キャフェ　チェリー・ブラッサム』を訪れた。

玄関先に飾られた葉つきのユズは、都子が山から切ってくれたものだ。都子の店の二階に可奈のアトリエを作る話は、どうやら頓挫(とんざ)したままのようだ。理由は定かではないけれど、予算の都合や労力や時間的な都合など、気安く返事をしたものの、乗り越えるハードルが想像以上に多かったのだろう。

今は都子も無理に彼女を誘ったりはしていないようだった。

そうした事情もあって、可奈も緋桜に会いづらかったのか、店を訪れるのは都子と連れ立って来て以来のことだ。

「行きたい行きたいって思っていたんですけれど、なかなか時間が取れなくて、久しぶりになっちゃいました」

久方ぶりの訪問に言い訳などいらないのに、そんなことを口走る。

「お忙しそうなのは伺っていますよ」

桜の部屋に通すが、すでに外は暮れかかっている。

「実は今度、取材を受けることになったんです」

と、ナチュラル志向のライフスタイルを発信している有名な雑誌名を挙げる。

「すごいじゃないですか」

わあ、と感嘆する緋桜に、可奈の口角も上がる。作品だけじゃなく、作業風景に密着し、作っている過程も撮影するらしい。大掛かりな取材にはなるけれど、願ってもない機会なので嬉しい、と素直に喜びを表現する。

「それで緋桜さんに折り入ってご相談があるんです」

「私で何かお手伝いできることなんてあるんでしょうか」

『キャフェ　チェリー・ブラッサム』にも取材が入ることはあるが、それは旅や街の特集内で紹介されるだけのこと。店舗の外観と場合によってはメニューの茶と菓子のセットを撮影し、あとは営業時間などの基本情報を提供するだけだ。可奈が依頼を受けた密着取材などとは違う。

「取材の方たちに、休憩時間にお茶菓子を出したいんです」

飲み物は、可奈が以前暮らしていた地元にちなんだものを用意するつもりだといい、

「お菓子は緋桜さんに季節のお菓子をセレクトしていただけると安心だなって思いついたんです」

「ああ、そんなことでしたら」

　おまかせください、と快諾する。創作和菓子店に、ふさわしいものを発注できるだろう。センスのいい親子がやっていて、緋桜もたまに頼んでいるのだ、と伝えると、

「やっぱり勇気を出して来てみてよかった」

　と胸を撫で下ろした。

　都子と可奈、ふたりのことは自分の知るところではない。立ち入るつもりもない。だから気にせずに来てくれてよかったのに。緋桜は口に出さず、そんなことを思う。

　予算と数量、日程などをヒアリングしているうちに、

「じゃあ、ちょうどいいから、うちのも一緒に頼んじゃおうかな」

　緋桜の胸までが高鳴った。


　麦はいまが芽吹きのときを迎える。「麦の季節は他の植物と逆だ」と以前、都子が話していた。大地が凍るなか、人知れず新芽を伸ばすのだ。けれどもこの時期、まるで動きが見えないように見える他の植物も、次の季節のための準備をしている。

　もちろん葉を落としたわたくしも同じだ。この季節は太陽から栄養を得ることは難しい。夏に溜めた養分が役立つ。そのための蓄えだったのだから。

柚子の形を模した黄色い饅頭（まんじゅう）は、菓子だといわれなければ勘違いしてしまいそうなほどだ。薦めると、可奈は一口齧り、

「見た目だけじゃなく、ちゃんと柚子の香りがするんですね。和菓子って小さな芸術ですね」

と感心する。今朝、自分で買いに行ってきたのだと伝えると驚かれたが、

「季節ごとのお菓子を探すのが楽しみなんです。労力よりも、嬉しさが上回ってしまって、なかなか人任せにできないんです」

と緋桜の本心が口を突く。

「わかります。私もそうですから」

可奈が頷き、

「デザインだけして、業者に発注すればもっと効率的に作れるってわかっているんですけれど。どうしても最初から最後まで全部自分が関わりたいんです」

ネットショップを開設し、受注してほしいという依頼も多いそうだ。けれども可奈は、対面での販売に拘（こだわ）り、年に数度開催する展示会でのみ受注販売している。

「もちろん、ネットなら、遠方の人や展示会に足を運べない方にも届けることができますし。利点のほうが多いのはわかっています」

でも、可奈は効率よりも大切にしたいものがあるようだ。同じデザインのバッグでも

使う人の癖やライフスタイルを聞いた上で、持ち手の長さや太さ、ポケットの位置などを微調整するという。刺繍の図案も、場合によってはイチから描きなおすこともあるという。そういう細やかな対応は、対面でないと難しいのだ、という彼女の目は、熟練の職人のようだな、と緋桜は感じた。

「オーダーメイドなんですね」

驚くと、

「そこまでのことじゃないです。デザインは何パターンかしかないですし、生地も決まっているので、いちおう、セミオーダーって位置づけではあります。展示会では、事前に用意した作品も販売しますし。でも自分の中では、そうですね」

いったん言葉を切ってから、

「その人だけの作品、と思って作ってはいます」

と、静かではあるけれど、はっきりといい切った。

「あ、でも私の……」

緋桜が愛用している可奈の作品は、ショルダーのついたミニポーチだが、可奈から直接購入したものではない。都子からプレゼントされたものだ。言い淀む緋桜の気持ちを察したのか、可奈が微笑む。

「プレゼントされたバッグですよね。それは大歓迎なんです」

「どんな人が使うかわからなくても？」

確かめるように尋ねる。

「贈り物として選ばれる方は、自分が使うもの以上にあれこれ悩まれるんです。相手のことを想像し、どんな場面でどんな風に使うか。どんなものが喜ばれるかって。それは私が面と向かって出会うのと同じ。相手のことを理解した上で選んでくださっているんです」

可奈のきっぱりとしたものいいを耳にしながら、緋桜は都子がポーチを渡してくれたときのことを思い出す。花活けを終えたあと、帰りがけに手渡された。

誕生日でも記念日でもないごく普通の日に、どうして？　と思ったけれど、

「このポーチを見ていたら、緋桜さんの顔が浮かんできてね。使い勝手がよさそうで、それがなんだかこのお屋敷の居心地のよさにも似てるように思えたの」

と差し出されたのだった。プレゼントは品物そのものの奥に、贈り主の想いが詰まっている。選んで贈る、その行為が贈り物なのだ。

「緋桜さんのおもてなしもきっとそうですね」

突然、自分に振られ、緋桜ははっとする。

「お客さまのことを考えて、お茶もお菓子も用意されているでしょ。今日は寒いからお湯の温度は少し高くしよう、とか、お菓子を食べやすいように、器は小さいほうがいい

かな、とか」

果たしてそこまで考えて接客しているだろうか、と緋桜は不安そうだけれど、大丈夫、ちゃんと出来ていますよ。わたくしは見ていますから。

戸惑う緋桜に、可奈が畳み掛ける。

「緋桜さんは、お母さまの跡を継がれたんですよね」

「ええ。この屋敷は祖母の代からで。ただ祖母はホテルを経営していましたし、母はここでレストランを。こうしてお茶とお菓子を出すようになったのは私が支配人になってからなんです。だからいまも試行錯誤で……」

途端に自信をなくしたのか、口ごもる。

「その試行錯誤っていうのが、相手のことを想うってことなんじゃないかな、って、最近はそう思えるようになったんです」

「きっとこのお屋敷は、おばあさまの頃から続く根っこのようなものがあるんじゃないでしょうか」

「根っこ?」

可奈の視線につられ、緋桜が窓を見る。室内の仄かなあかりに、わたくしの枝が微かに闇に浮かんだ。

「あの桜の木はそれをずっと見守っているんですね。大地に根を張って」

視線を戻し、笑みを見せる。

「取材では鞄作家になるまでのいきさつも聞きたいっていわれているんです。私も自分の根を大切にしなきゃ」

根が元気なら木も健康で美しい花を開かせる。秋に散った葉が、土を豊かにしている。それでも衰えた枝を持ち上げるまでの軽やかさはない。それが面はゆい。

冬至は夜の底を見せる。わたくしの気の落ち込みも、これ以上沈むことがない、そうであってほしいと願う。

＊

正月の挨拶に「新春」や「初春」と使うせいで、春も近いかと勘違いするが、これからが本格的な寒さ、寒の入りを迎える。まだ遠い「春」の言葉を敢えて使うのは、寒さの向こうには、ちゃんと穏やかな季節が待ってくれているのだ、そう伝えるための願望と思いやりだ。

年末年始のやすみを挟み、『キャフェ チェリー・ブラッサム』も新年の営業をはじめた。都子が正月らしいあしらいで、玄関先を彩ってくれた。

「これは千両？」

真っ赤な赤い実を指差す緋桜に、都子が首を振る。

「千両はこっち。これは万両。その奥は南天」

次々と植物の名を挙げていくが、正直違いが分かりかねる。どれも同じ赤い実、なのだから。

「そっくりだけど、そもそも科の違う全く別の植物なのよ」

都子が説明する。千両はセンリョウ科、万両はサクラソウ科、南天はキンポウゲ目のメギ科、とまずは基礎知識。その上で見分けかたを教えてくれる。

「実のつきかたがポイント。これとこれ、どう違うかわかる？」

といきなりクイズになる。

「ええと」

困っている緋桜に、都子が助け舟を出してくれる。

「葉との関係を見るとわかりやすいの」

見比べていた緋桜が、あっと声をあげる。

「こっちは葉の上に実、こっちは葉の下に実ですね」

ご名答、と手を叩いて都子が解説する。

「千両は大きな葉の上に実が顔を出すのに対し、小さく密集した葉の下にぷらんとぶら下がって実が成るのが万両」

一方の南天は葉は赤っぽく、実は房状になっている。

「そういわれて改めて見ると、全然違いますね」

緋桜は覚えたての知識で、これが千両、こっちは南天、と分類していく。

「そうそう、正解」

教え方がよかったのか、緋桜のみるみるうちの習得に都子が満足げに頷いていると、

「おはようございます」の声とともに、ふたりの女性があらわれた。和菓子屋の添田親子だ。正月らしく母親は紬の着物姿、娘の皐子はベージュのコートの下から淡い萌黄色のスカートを覗かせていた。

「おはようございます」と応じ、すぐに「あけましておめでとうございます」と新年の挨拶をし、ぺこりと頭を下げた。

「都子さん、はじめてでしたよね」

後ろにいた都子を振り向き、互いを紹介する。可奈のことを伝えるべきか迷っていると、都子から、

「可奈さんの取材、今日だったんですね。緋桜さんにお菓子をお願いした、っておっしゃっていたから」

といわれ、可奈と都子の関係がこじれていたわけではないようだ、とホッとする。

「ご確認いただけますか？　鞄作家さんのイメージから私たちなりの花びら餅をこしら

えたので」

　花びら餅は、新年の茶席で使われる菓子だ。宮中の行事食が由来だとされている。求肥や餅で作られた生地に牛蒡（ごぼう）や味噌餡が入っているのは、正月料理の雑煮に見立てているとも伝わっている。

　茶道の菓子には流派や師範の主義などで、さまざまな拘りや掟がある。花びら餅も店によって製法や形に違いがある。神経を使うのは、年のはじめだからなおのこと、だろう。ただ、『キャフェ　チェリー・ブラッサム』の席は正式な茶会ではないし、可奈も休憩時の菓子として出すのだから、格式は特に気にしない、と伝えてあった。むしろよく目にする半月状の形にも拘らず、オリジナリティがあると嬉しい、と可奈の創作のことを考えながら発注していた。

　白い紙箱は、いつもと同じだけれど、薄い和紙の掛け紙に水引がかけられていて、一層おめでたい雰囲気になっている。

「綺麗ね」

　都子がいい、「包装を解くのが惜しい」と緋桜もありがたがる。カウンターに置き、箱を開けると、小ぶりの菓子が行儀よく並んでいた。通常は半月状にする求肥が、花の形に仕立てられていた。五枚の花びらが芯に見立てた牛蒡に向かって、ひだを寄せている。仄かに桃色が透け、上品だ。思わず歓声を上げた。

「素敵です。ありがとうございます」

緋桜の反応にようやく安心したのか、これまで表情が固かった皐子の顔に笑みが浮かんだ。

吐く息に混じって、

「よかった」

と声が漏れ、母親が皐子の肩に手を置いた。

「今回は、この子が主体になって作ったの。緋桜さんからのご依頼だからって張り切ってね」

「可奈さんの鞄は自然の花をモチーフに刺繍をされていると聞いたので、こうして梅の形に」

「餡のこともお伝えしたら？」

促され、皐子が続ける。

「中には味噌餡を入れているんですけれど、茶席の餡は緩めに作ることが多いんです」

舌触りに重きを置くためらしい。

「ただ、その分餡がこぼれやすくて、食べづらいこともあるんです」

今回、中に入れた餡を、少し固めに練ったのは、

「お客さんたちがおしゃべりしながら、食べられるようにと……」

お菓子やお茶のことなど忘れるくらいに、おしゃべりに夢中になったり、くつろいでいる情景を想像しながら考えてみたんだよね、と母親も説明に加わる。

取材中のスタッフが片手でも食べられる気軽さも大切にしてくれたんだと聞き、まるで可奈が話していた「オーダーメイドの対応」のようだ、と感じ入る。

「それ、私が可奈さんのところにお持ちしましょうか？　ちょうど帰り道ですから」

と名乗り出てくれる都子に、それは助かります、と緋桜も喜ぶ。取材は午後からなので、昼頃に取りに来る、と聞いていたけれど、おそらく準備で慌しいだろう。開店前に緋桜が届けようかと考えていたところだった。

緋桜と可奈のことを想って作られた「オーダーメイド」の菓子のことはもちろん、それを届けてくれるのが都子だということに、きっと可奈は喜んでくれるだろう。

「可奈さんも嬉しいと思います」

緋桜は添田親子と都子に丁寧にお礼を伝えた。


新年の改まった気分のせいだろうか、この日は茶室の麻の葉の部屋を選ぶ客が相次いだ。必然的にオーダーも抹茶となり、緋桜は幾度となく茶筅（ちゃせん）を振った。晴れやかな空気の中、たくさんの客が訪れ、特製の花びら餅も大好評だった。

心地よい疲れとともに、もうひと頑張りだ、と頬を叩いていたところに、

「お忙しいところ、ごめんなさい」

と、顔を出したのは可奈だ。

「あれ？　お菓子、届いてませんでした？」

時計は三時を指している。梅の花びら餅は、休憩のお茶菓子にするのだと聞いていた。数が足りなかったのだろうか、と緋桜が在庫数を思い起こしていると、可奈が首を振る。

「今朝、都子さんが届けてくださったので、助かりました。とっても綺麗なお菓子で感激しました」

お礼を伝えに来たのだと頭をさげる。

「わざわざ恐縮です。でもまだ撮影中ですよね。戻らなくて大丈夫ですか？」

確か撮影は十四時からだと聞いていた。密着して作業風景も撮るのなら、きっと夜までかかるのではないか、と予想していた。

「いえ」

口を閉じ、それから無理に作った笑顔で、

「もう終わっちゃいました」

「え？　もう？　早かったですね」

効率がいいにしても、撮影と取材で一時間弱とは想像以上に短い。

「なんかね」

と言葉を口にした途端、可奈の目からぽろりと涙がこぼれた。緋桜は驚いて、玄関先で立ったままの可奈に、どうぞ中に入って、と案内する。二階の客席に案内しようとし、いったん立ち止まり、

「こちらにどうぞ」

と一階の厨房に通した。脇のテーブルを薦めると、可奈が俯いたまま腰掛けた。

「ベテランっぽい女性ライターの方と男性フォトグラファーの方と、あとはライターさんと同世代かな、編集者の女性、総勢三名の方」

ぽつりぽつりと話し始める。

「作品をいくつか写真に収め、あとは道具を出しておいたら、それが面白いって編集の方がおっしゃって、ミシンやハサミなんかを。刺繍糸をずらっと並べているな、と思っているうちに、あっという間に終わっちゃいました」

苦しげに言葉を継ぐ。

「でも作業過程とかを、ってお話だったのではないですか？」

「道具が絵的にいいらしくって、もうそれで十分だったみたいです。インタビューも作品説明くらいでした」

この道に進んだいきさつなどを聞きたいといっていたのではなかったのか。緋桜が黙っていると、

「おしゃれな雑誌だから、写真のインパクトが大事なんですって。私の作品って、確かに見た目がちょっと面白いでしょ。どんな気持ちで作っているかなんて、どうでもよかったみたいです」

疲れが顔に出ていた。

「それでせっかく用意してくださったお菓子も出せなかったんです。お茶でも、って声をかけたんですけれど、次の予定もあったみたいで」

誌面づくりは、限られた時間内に、いくつもの作業をこなす必要がある。もし先の取材が早く終わったのなら、次の現場に行って次の取材を進めたい。忙しい仕事ゆえに致し方ないのだろうか。

「お菓子、可奈さんは召し上がりました？」

緋桜が尋ねると、寂しげに首を振る。

「よかったらご一緒にいかがでしょう。実は私もまだ食べていないんです」

事前に試食をする時間もなかったので、みなさんの反応を見て、美味しそうだなあ、と羨ましく思っていたんですよ、と続けた。

「お客さん、いらっしゃってますよね。大丈夫なんですか？」

か細い声で可奈に気遣われるが、二階にいる二組の客は、いずれも話が弾んでいるようで、しばらく席を立つ気配はない。

箱ごと人数分の菓子が残ってしまった、とうなだれる可奈に、求肥製の菓子は冷凍保存が可能だから、可奈が発注した分は、後日、落ち着いてから食べればいい、と助言する。熱湯を注いだほうじ茶も可奈の冷えた身体をあたためたのか、

「美味しい」

とようやくいつもの笑顔を取り戻した。香ばしい匂いが湯気とともに厨房を包む。

「小さなことに、いちいち疲弊しちゃって。お恥ずかしいところをお見せしました」

改めて頭を下げられるが、

「とんでもない」

緋桜は真顔で首を振り、菓子を勧める。

「お客さまには黒文字を出していますけれど、手でパクリのほうが食べやすいんじゃないでしょうか」

和菓子屋の添田親子もそんなことを望んで作ってくれたのだ。手に取ると、柔らかな餅の感触が伝わり、自然と気持ちがほぐれていく。そっと嚙むと、花芯のように真ん中にいれた甘く煮た牛蒡が味噌餡と混じり合っていく。白い生地にピンクの生地を重ねた求肥製の餅は、とろけるようだ。

「幸せな味がします」

と感想を述べる可奈に、

「ひとつひとつとても丁寧に作られているんですよね」

今朝、親子が話してくれた気遣いを伝えたあと、

「可奈さんのお仕事もそうですよ。バッグを使ってみればわかります」

と、緋桜がしみじみと言う。

「嬉しいです。そんなことおっしゃっていただいて……」

でも、と続け、

「今日の取材の方たち、私の作品をかわいい、かわいいって褒めてくださるんですけど、内ポケットを撮るために、口を強引に開いたり、見栄えをよくするために肩紐をきつく結んだりしていて」

雑な扱いに、大切な作品が消耗させられていくように感じたという。

「もちろん、読者の方に伝わりやすいように、と心配りをしていることはわかりますし、私の作品をよりよく撮ろうとしてくださっていることには感謝しているんです」

けれども、自分の意図とは違った扱いに戸惑ったのだろう。

「メディアに露出することで、広がりも出ますし、大きく成長させてもらえるチャンス。そう割り切ってもみたんですけれどね」

そこまでいって、ふっと息を吐く。茶を啜ったあと、呟いた。

「大きくなるって、簡単なことじゃないですね」

若い桜の木は、できるだけ早く大きくなろうと、四方八方に枝をのばす。けれども大人の木になるまでは、種にもよるが二十年くらいかかるものもある。そうなってからようやく花をつけるのだ。

やがてわたくしのように重く垂れ下がるまでは、上へ上へと成長していく。長い年月をかけ、いくつもの季節を越え。

＊

翌朝、玄関先で都子の声がし、緋桜は準備の手を止めた。花の活け替えは、だいたい二週間に一度だ。昨日、新年の花を入れてもらったばかりで、まだ玄関先で艶やかな色を放っている。

「おはようございます」

緋桜が首を捻りながらも、厨房から顔を出すと、都子がにこやかに、手にしていた籠を差し出した。

「これ、今日中にと思って」

籠には数種類の草花が寄せ植えされており、それぞれの名前を示す小さな木札が刺さっている。

「七草？」

「そうなの。七草の寄せ植え籠。年始のお飾りに使うものなんだけど、縁起物だから、よかったら使って」

今日は一月七日、人日（じんじつ）の節句だ。せり、なずな、ごぎょう、はこべら、ほとけのざ、すずな、すずしろの七種の野菜を粥（かゆ）に入れて食べる風習はおなじみだ。『キャフェ　チェリー・ブラッサム』に似合うのではないか、と、都子がその七草の寄せ植えを、年末に仕入れておいてくれたようだ。

「あくまでも観賞用だから、あとで美味しくいただくかどうか、は自己判断でお願いしますね」

とお茶目に片目を瞑った。

「そういえば、昨日は可奈さんのところへのお届け、ありがとうございました」

「伺ったら可奈さん、準備で大わらわ、って感じだったから、お持ちしてよかったわ」

都子が笑う。ミシンまわりや道具なども整頓され、狭い空間ながらも作業しやすそうに整えられていた、とそのときの様子をつぶさに伝えてくれ、

「ずいぶん前から準備されていたみたいだし、張り切っていらしたから、いい取材になったんじゃないかしら」

と続けた。緋桜はどこまで話すべきか、と一瞬悩んだが、ここは素直に打ち明けたほ

うがいいように思え、

「それが……」

昨日の日中に可奈が訪れたこと、取材がどんな風に行われ、それによって可奈が気を落としていたことなどをかいつまんで話した。

「そうだったのね」

静かに相槌を打っていた都子がすっと視線を落とし、右手を膝のあたりで小さく上下させた。さすっていたのは、肩から斜めに提げたショルダーバッグ、可奈の作品だ。かなり使い込んで、黄色の布地のところどころが変色している。すでに都子の身体の一部、なくてはならない道具のひとつとして、美しく馴染んでいた。

*

桜は春に花を開かせるものばかりではない。カワヅザクラやケイオウザクラは早咲きの桜で、二月頃には満開を迎えるし、カンザクラやタカネザクラなど真冬に咲く種もある。漢字で十月桜と書くジュウガツザクラは、その名のとおり秋に花を開かせる。

ソメイヨシノのように生育が早い桜もあれば、わたくしたちヤマザクラのようにゆっくり育つ桜もある。成長曲線が急だと目立つけれど、緩やかだとしても、みな、ちゃんと育っている。停滞したり、たまには後退したりしつつも、ゆっくりじっくりと。焦る必要などないし、誰かと比べるなんて無意味だ。

わたくしは長い年月を経て成長してきた。だからこそ、ここでの月日の流れをこうして見てこられたのだ。そこに思いを馳せずにはいられない。

冬の終わりはまだだろうか。そしてこの冬が終わり次の春が来るまで、わたくしは生育していられるのだろうか。その問いへの答えなのか、冷たい北風が容赦なく吹き抜け、わたくしの枯れた枝を揺らした。ミシミシと小さく音を立て、それはどこか泣き声にも似ていた。

*

『キャフェ　チェリー・ブラッサム』の屋敷は、緋桜の祖母、八重の代からいまに至るまで、何度かの改修を経てきた。水回りは緋桜が支配人になる際に最新式のものに替えたし、外壁の塗り替えや内部の修繕も定期的に行なっている。

空調設備も当然備わっている。各部屋に設置されているエアコンは、人の動きを感知して自動で温度設定がなされる高機能のものだ。

とりわけ一階の廊下に置かれたガスストーブは、玄関先はもとより、階段や二階の廊下までもパワフルに暖めてくれる。それでも、外気温が下がると、底冷えする。緋桜はいつもの制服のワンピースの下に薄いタートルのニットを着込み、かつ、厚手のカーディガンを羽織って店番をする。

廊下の掃除をしようとモップを持って二階にあがる。廊下の奥の突き当たりには、小窓があり、春先や秋の過ごしやすい季節だけでなく、夏の夕暮れなどでも、この格子窓を開けると、心地のいい風が入ってくる。けれども、いまは締め切っているにもかかわらず、隙間風が漏れ吹き込んできた。思わず、

「さぶっ」

声を出した。

屋敷内のガラスの嵌まった窓枠は、気密性のあるサッシだ。母の櫻子がレストランをしていた時分に取り替えた、と聞いている。ただ、この二階廊下の小窓だけは、祖母の代のまま。上下に開放される昔ながらの木枠の上げ下げ窓だ。ワイヤーと錘(おもり)でバランスを取って動かしている、と子どもの頃、母が教えてくれたが、緋桜はいまだにその構造がよく理解できていない。

緋桜が苦心しながらも小窓を開け、換気を促していると、窓の下に女性客の姿を確認する。

「少々お待ちくださーい」

たたた、と階段を駆け降りると、

「久しぶりー」

女性が親しげな笑みで両手を振って立っていた。明るい目元に覚えがある。

「香住(かすみ)？」

「緋桜ってば、ちっとも変わらないねえ」

高校時代の親友が、当時のままの高い声で笑った。

「どうしたの？　旅行？」

香住は大学在学中に結婚し、夫の勤務地の中部地方で暮らしていた。

「娘の受験のために、こっちに越してきたの。電車で一時間もあれば来られるんだけど、なかなか機会がなくって」

会うのは何年ぶりだろうか。

「緋桜がすっかり支配人だなんてねえ」

二階に案内する緋桜を、へらへらと笑いながら揶揄(からか)う。

「なりゆき、なりゆき」

照れていると、今度は「立派だよ」などと褒めてもくれる。友達はありがたいものだ、と感じ入る。

「香住こそ、ちゃんとお母さんやってるんでしょ？　娘さんもう大きくなったでしょ」

香住が娘を産んだのは、彼女が二十歳のときだ。

「中一。生意気だったでしょ」

と訊かれ、緋桜は目をぱちぱちと瞬かせる。

「私が行くのを楽しみにしていたのに、ちゃっかり娘に先を越されるとはねえ」

「え？　どういうこと？」

話が見えない。冷静になって尋ねると、今度は香住のほうがぽかんとする。

「やだ、あの子。名乗らなかったの？　入るまでも相当うろうろしたらしいけど。人見知りも大概にして欲しいわ」

「もしかしてあの女の子？　美術部の……」

スケッチブックを手に、このまま絵の道に進むべきかと悩んでいた中学生の横顔を思い出し、改めて香住に目を移す。二人の顔が重なる。くりっとした目元がそっくりだ。

進路のことを悩んでいたようだ、と伝えると、

「そんなことはぺらぺら話しちゃうのね。よくわかんない子」

苦笑し、自分の頰を両手で挟む。

「中学生のうちから将来を決めるんだね」

もう美術の道は無理だ、と漏らしていたことを思い出し、見切りが早すぎるのではな

いか、と若干の苦言を呈してはみるが、

「いまの子どもたちは情報がすぐ手に入るでしょ。だからあの年でも人生設計を立てたりするのよ。早々に自分の歩む道を見出さないといけないって焦るみたいなの。生きづらいよね」

私たちの時代はもっと気楽だったのに、ちょっと気の毒だ、と肩を竦めた。

「でも、緋桜も同じじゃあ。私からしたら立派なお屋敷があって、継ぐべき仕事があって羨ましいなあって思っていたけどさ。最初から道が決められているってのも大変か」

「うーん、どうだろう」

緋桜が首を捻っていると、香住が両手を自分のお腹に置く。

「私が娘を妊娠したときさ、いいなあっていってくれたのは緋桜だけだったんだよ」

まわりからは早すぎる妊娠を非難されたりもしていたそうだ。

「だってさ、自分が決めた人と、自分が決めた道を歩くんだよ。ただただすごいなって思ったんだもん」

そんなもんかね、とはにかんだ香住が、遠い目をする。

「緋桜はこの屋敷を運営するのが似合っているよ」

「そう？」

自分では未熟さばかりが目につくのだと打ち明けると、

「ほら、学校の教室に花を飾ったりしてたじゃん。行事の飾りとかも作ってさ」

「やったねえ。模造紙で三方(さんぼう)作って、お月見とかね」

いわれるまですっかり忘れていたことだ。懐かしい景色を思い出していると、

「だから緋桜には天性のものがあるんだよ。天職だ、って自信持って。それにさ」

にやりと笑う。

「娘がね、ここ最近、楽しそうに絵の具を広げているのよ。中学入って、絵は嫌いになったのかと心配していたんだけど、いまはのびのびとしてる。思えばその変化って、緋桜の店に行ったあとからなんだよね」

進路の相談までした、と聞いてピンときたんだ、と母親の勘がいう。

「しらずしらずのうちに、誰かの力になっているんだよ」

＊

窓の向こうは、色の乏(とぼ)しい寒々しい世界が広がっている。庭の真ん中に立つわたくしに、くすんだ雲が気の毒そうな視線を注いでいた。葉を落としたからといって、丸裸なわけではない。そこに誰か気づいてほしい。

――さよなら。

そんな声がいまにも耳に届きそうだ。一刻一刻と別れが近づいている。だからこそ、この景色を焼き付けておきたい、この空気を感じていたいと、背けたくなる目を見開くかのように、枝をもたげた。

*

それが添田の娘の皐子だと気づくのに、緋桜もわたくしもしばしの時間を要した。いつもまとめているミルクティー色の髪の毛をおろし、普段の淡い色合いの服装とは違い、全身を黒でまとめたスタイリッシュなスタイル、と雰囲気ががらりと変わっていたからだ。

「あれー」

ようやく彼女だと気づいた緋桜が、素っ頓狂な声を出し、いまさらながら、

「今日はおひとりなんですね。ええと」

菓子の注文の予定はなかったし、と逡巡（しゅんじゅん）する。

「今日はオフなんです。だから仕事関係なしのプライベートで」

ぺこりと頭を下げた。いつもはどちらかといえばおとなしくて取っつきにくい人だと思い込んでいたけれど、こうして見ると、自分の友人とさして変わりない。母親の手前、控え目にしていたのだろう、といそいそと二階に案内する。

「お茶室、いいですか？」

希望の部屋を尋ねる前に、そういわれる。

「ああ、それが……」

麻の葉の部屋も他の部屋同様にもちろん今朝もきっちり掃除をしたし、床には、都子が用意してくれた椿も飾られている。お客を通すのになんら問題はない。ただひとつ、

「お茶室にはエアコンがないんです」

つまり寒いのだ。

この屋敷内で祖母の代から変わっていないのが、廊下の上げ下げ窓、そしてこの茶室だ。土壁は母の代に左官が入ったと聞いているし、障子や襖も貼り替えている。けれども壁に穴を開ける必要がある、といわれ、エアコンの設置は諦めた。電気のコンセントもないので、延長コードを使って夏に扇風機、冬にヒーターを持ち込んだこともあるけれど、かえってコードがじゃまになり、結局はそうした器具も使っていない。

そんな事情をつらつらと話していると、

「構いませんよ」

彼女がまっすぐに緋桜を見ていう。そういえば、夏の名残のある時分、常連客の奥野もエアコンのないこの部屋を選んだことを懐かしく思い出す。

「いいんですか？」

スリッパを通しても足先がじんわりと冷たくなってくるような底冷えを感じる。

「ええ。歩いてきたので、身体もあたたまっていますし」

本人の希望なら、と緋桜は襖を開ける。暗い室内にせめてあかりを入れようと、障子を開けましょうか、と提案するも、

「いえ、このままでいいです」

と頷き、床の花の前に正座し、両手を突いた。

「このお花が、行燈みたいですから」

彼女の横顔がとても美しく、緋桜ははっとする。

「侘助って呼ばれる椿だそうです」

そういう名前の単一品種ではなく、小振りの花で一重か猪口咲きの品種群をいう。「太郎冠者」の流れを持つ品種で、花粉を作らないものと定義されているらしいが、それ以外でも侘助椿と呼ばれるものはあるのだ、と都子が花を活けながらレクチャーしてくれた。

きっとひとりで静かに過ごしたいのだろうと、緋桜はオーダーを聞いて部屋を出る。

「寒さ、大丈夫ですか?」

部屋を出る前に、改めて確認するも、

「頭を冷やしたいので」

と微かに笑った。

茶室を選んだのだから、抹茶が希望なのかと思ったが、オーダーは煎茶だった。

緋桜は厨房に戻り、茶の用意をする。こんな日には旨みの強いものがいいだろう、と鹿児島の知覧茶の缶に手をのばす。沸騰した湯を適温に冷ますため、いったん片口に注ぐが、外気温が低いためか、熱湯がすぐにほどよい温度にさがった。

急須から湯呑みに注ぐと、とろりとしたまろやかな香りが漂い、緋桜も深呼吸する。

菓子とともに盆に載せ、階段をのぼる。一声かけて襖を開けると、彼女はすっと背筋を伸ばして正座をし、こちらを向いていた。

「足、崩してくださいね。茶会ではありませんから、どうぞくつろいでください」

足が痺れ、帰り際に転びそうになったりと難儀している人をこれまでも何度か目にしていた。もちろん緋桜も長時間の正座は苦手だ。けれども、

「たまには、こういうの、いいですね。自分と向かい合うというか」

透き通った声が響き渡る。

「寒さとか暗さとか静けさとか。それがすべて曖昧になっていくようです」

そういわれて、緋桜も耳を澄ます。風の音に混ざって、カサコソと音を立てているのはヤマザクラの枝だろうか、と想像する。茶と菓子を載せた盆を畳に置くときですら、「ことん」と小さな音が聞こえた。普段なら耳に届くことのない物音が、澄んだ空気の中で輪郭を際立たせていく。

「最近は、どんなお菓子を作られたんですか？」

緋桜が尋ねると、煎茶を啜り、「お茶の甘みが濃厚」と呟いた。

「茶道関係の方からは、やはり雪を模した上生菓子の注文が多いですね。雪だるま形のお菓子なども作りましたね」

煎茶の湯気が顔にかかる。

「デザインはおふたりで考案されるんですか？」

新年に『キャフェ　チェリー・ブラッサム』に用意してくれた梅の花びら餅は皐子が先導して作った、と聞いていた。

「意匠は基本的には母が。私はそれを依頼に沿うよう微調整していくだけです。母は私に任せてくれようとするんですけど」

いったん言葉を切り、湯呑みに手をのばす。

「敵わないんです、母には」

こくりと湯呑みを空け、はっと大きな息を吐いた。

緋桜はポータブルの保温ポットを差し出し、「二煎めもどうぞ」とおかわりを勧めたあと、

「ちょっとお待ちいただけますか？」

と席を外し、階段を上下する音のあと、マグカップを手に戻ってきた。

「よかったらこちらもいかがですか」

厚手のマグカップからは湯気がたゆたっている。

「これも雪みたい……」

カップを覗いた皐子がそう漏らすのを待って、

「甘酒です。あたたまりますよ」

と緋桜が柔らかな声をかける。ふうふうと息を吹きかけてから、皐子がマグカップに口をつける。甘酒をひとくち含み、

「優しい甘さですね。ホッとします」

と笑みを漏らした。

あたたかな飲み物が彼女の心を解かしたのか、口が滑らかになる。

「母は嫁いでから、祖父に和菓子の教えを乞うようになったんですけれど、あっという間に自分のものにしたようです。もともと才能があったんでしょう」

母親が作る菓子は、伝統的なのにどこか愛らしさやセンスが感じられると、茶道の先

生方からも格別な評価を得ているのだという。

「私は幼い頃から家業を継ぐ気でしたから、ちゃんと専門学校で基礎も学び、老舗和菓子店に勤めて修業もしてきたんです。若い感性で新しいものを、と母にも期待されていて」

好きにやっていい、と任されることも多いという。

「けれども、私の作るものは、斬新に見えつつもどこか足りない。おしゃれなつもりが、なぜかダサいんです」

そうだろうか、と緋桜はこの間の菓子の意図を思い出す。おしゃべりをしながら片手で食べられるように、と配慮した小振りなサイズに、とろけるような餅の食感。

「あの日、取材を終えられた可奈さんと一緒にいただいたんですけれど、とっても美味しかったですよ」

こくのある味噌餡の味を思い出せる、と口の中がじんわりとする。

「ありがとうございます。そうおっしゃっていただけ嬉しいです。でも、そのコンセプトは母の案なんです。鞄のデザインから梅の花のかたちはどうかとか、片手で食べられたほうがいいんじゃない？　って。どんどんアイディアが湧いてくるんです。でも私はそこまで考えが及びませんでした」

母親と一緒に仕事をし、はじめて気づいた。年数を重ねてもそれは変わることがない。

「越えられないんです。母が偉大すぎて」

自分の親のことをこんなふうに評価するのもおこがましいのだけど、と肩を竦めた。

「同じように作ろうとしても、母の作ったものと並べると、可愛げが足りない。技術というよりも、それは持っているものなんだと思うんです。努力ではまかなえないもの。こんな繰り返しで、いつか、母に追いつくことができる日が来るのだろうか、と不安になるばかりなんです」

ソメイヨシノは同じ花を咲かせるためにクローン化して育てる。けれども全く同じである必要などどこにあるのだろうか。たとえ見た目が違えども、親の持つなんらかのものは、どうあがいたって自ずと受け継いでいるのだから。

けれどもそれを伝える力も時間も、わたくしにはもう残されていない。

*

運命の朝は抜けるような青空が広がっていた。召されるにふさわしい日だ、とわたくしは天を仰ぐ。

吉井と呼ばれた老齢の庭師は、肩から道具をおろすと、わたくしの足元に近づく。幹をがしっと摑む手はごつごつしていて、それは年老いたわたくしの太い幹に似ている。熟練の持つ独特なぬくもりを感じ、この手はこれまでどれほどたくさんの木を触ってきたのだろうか、と思いを馳せ、この人にならば自分の運命を委ねてもいい、最期を看取るのがこの庭師でよかった、といまは穏やかな心持ちでいた。

庭師は幹を握っていた手を拳にし、わたくしの脇腹を軽く叩く。叩いては耳を幹に寄せるを繰り返す。それから枝の一本一本に指を沿わせる。

「なかなか立派な木だ」

そんな独り言が聞こえたような気もしたが、徐に庭師が鋸を手にする姿を見て、それが気のせいだったことを理解する。

——桜切る馬鹿、梅切らぬ馬鹿。

苦し紛れにそんなことを思ってみても、届くはずもなく、ギーギーと耳障りのする音がわたくしの身体を刻んでいく。

枝の根本には春に開く花芽や葉芽が育っている。無常さに込み上げるものがあったが、あがく術を持ち合わせていない。

緋桜がこれからも元気に幸せに生きてほしい、最後にそれだけを願い、わたくしはそっと目を閉じた。

第五章　芽吹き

スイセンを無事に活けられたことにホッとし、こわばっていた肩の力が抜けた。

日本水仙は根本に幅三センチ程度の薄い袴（はかま）をはいている。活けるときには、この袴をいったん外し、花と葉のバランスを整えて再び袴をはかす。外側の葉から内側の花まで、徐々に低くなっているのが美しい形だ。葉と花の高さを微調整し、理想の形に近づける。緊張感の伴う繊細な仕事だけれど、私はこの作業がとても好きだ。葉と花を手のひらの内で、動かしていると、蠢（うごめ）く小さな生き物を扱っているような愛おしさを感じる。

美しく整ったスイセンを、飴色の平鉢に立たせる。普段は使わない剣山を、スイセンをこうして活ける時にだけ持ち出す。

水を張った鉢にすっと真っ直ぐに活けられた姿は清々しく、まわりの空気までもが凛と引き締まる。

緋桜の「お茶はいりましたよー」の明るい声に、返事をし、最後に花に霧を吹いた。

二月の最初に迎える午(うま)の日を「初午の日」と呼ぶ。京都の伏見稲荷大社に、農耕を司(つかさど)る神様が舞い降りた日だという。稲荷神社に祀られている狐の好物の油揚げを供えることから、この日はお稲荷さんを食べる風習があるのだそうだ。『キャフェ　チェリー・ブラッサム』にしばしば訪れる常連客夫婦が教えてくれたのだ、と緋桜が興奮気味に話していた。妻が外国人のその夫婦は、ともに日本文化に造詣が深いのだ、と厨房を行き来しながら、緋桜が感じ入った表情で話す。夫婦の会話はこう続いたそうだ。

「その日はうちも、お稲荷さんを作るんですよ」

彼女の稲荷寿司は絶品だと夫が讃えると、

「この人のおかあさんにレシピを教えてもらったんです」

と妻が謙遜していた。

「いや、母親のより、断然美味しい。実家のは甘過ぎて、正直僕はあんまり好きじゃなかったんだ。けど、彼女が作ってくれたのを食べたら、稲荷寿司ってこんなに美味しいものか、と驚かされました」

「おだて上手」

両手を上に見せ、肩を竦めるポーズを作る妻に、

「違うよ」

と夫。むきになるのがなんだか微笑ましくって、とふたりの仲睦まじい様子を思い出

し、緋桜が目を細めた。

　ここ数ヶ月は、『野花の店　みやこわすれ』で開催するワークショップは、ふゆやすみに入っていた。

「冬は花材が少ないから」というのが表向きの理由だったが、実際は、教室の運営方法に悩んでいた。二階も相変わらず遊ばせたままだ。

　クリスマスにはリース作り、新年には正月飾り、節分用に枡にヒイラギをあしらうのも面白いだろう、といろいろと計画していた。参加者の喜ぶ顔や声まで聞こえてくるようで、とても楽しかった。

　でもそれが次第に苦痛へと変化していった。参加者のひとりに花の教室を勧誘のツールとして使われた。それだけではない。講習の間、参加者のスマートフォンのカメラのシャッター音が執拗に鳴り続けていた。完成した作品も、あちこちの角度から写真に収め、そのために時間が押してしまうほどだった。

　最初は熱心だなあ、と感心していた。工程を記録し、自宅でも再現できるように、あるいは習得のためなら、とカメラを出すのを禁止したりはしなかった。

　ただ、繰り返されるうち、そればかりではないと、勘付くようになった。人に見せるためのもの、自らのSNSに載せたり、知人に見せたり、彼女たちが求め、大切にしているのはいわゆる「映え」なのかとわかると、残念な気持ちがした。

自宅に持ち帰ったあともできるだけ長く楽しめるような花を、と心掛けたのも、無意味だった。そんなことを受講する彼女たちの多くは望んではおらず、写真を撮るその一瞬さえ美しければ満足だったのだ。

万全の下準備や丁寧な解説も必要なかったのか、と思った途端、あんなに沸き立っていた気力がすっと薄らいでいった。

この先どういう形でなら続けていけるだろうか。それとももう、一般向けの講座は開きたくないのか。自分自身への問いかけが続く。その日からずっとそんなことを考えては、答えが見つけられずにいた。

「立春なんていっても、ちっとも春っぽくないですよね」

緋桜が、淹れたてのほうじ茶の湯呑みを持って、ふうふうと息を吹きかける。

「でも、気づけば、すっかり日が長くなっているんです。人間が寒い、寒いっていっているうちに、季節はちゃんと春に向けて蓄え、準備をしているんですよね」

「準備か」

ワークショップの「ふゆやすみ」は春に向かう蓄えになっているかどうか、わかりかねていた。顔を伏せると、腰のバッグに視線が行った。そのまま背中に目をやると、厨房の脇に緋桜のミニポーチが掛かっているのが見えた。

「可奈さん、最近いらしてる？」

「ええ、たまに。雑誌に掲載されたのがきっかけで発注が増えているみたいで、お忙しそうですよ」

そう口にする緋桜が、言葉とは裏腹に苦しげな表情を浮かべた。言い淀んだあと、

「でもそれでいいのかな、って彼女なりに悩まれているようでした」

ささやくようにそっといい、俯いた。

可奈は対面での接客にこだわっていた。購入する人の使い勝手や、プレゼントする相手のために選ぶ手助けをしたいんだ、と以前話してくれたことがある。

彼女が取材された掲載雑誌は、書店で買って読んだ。並んだ写真は、どれもスタイリッシュで目を惹いたけれど、そこからは可奈らしい心配りや労わりは感じられないものだった。美しい色やデザインの表層的な部分ばかりがフィーチャーされていた。

記事の文章も、雰囲気のある文体だけにおしゃれな印象にはなっていたけれど、彼女の作品が持つ力までは伝えきれていないように思えた。対面接客で販売することは書かれてはいたけれど、メールでの対応も可、と追記されていた。これまでは受けていなかったはずだから、おそらく、そこは押し切られた部分だろう。

想いを伝えるのって、こんなにも難しいのか、と途方に暮れる。それは自分の花も同じだ。ただの自己満足か、あるいは我儘なのか。

心苦しさを抱いたまま、『キャフェ チェリー・ブラッサム』をあとにする。玄関を出て、裏の木戸をそっと押すと、庭に入れた。枝を落とした桜の老木が、声もなく立っていた。

桜は冬の低い気温がスイッチとなり、休眠から目を覚まし、蕾を膨らませていく。

——休眠打破。

寒さを経てこそ暖かさを感じる、という意味だ。自らの苦い経験にも意味があるのだろうか。

枝にメジロが止まって、近づく春を報せていた。

＊

愛犬の巽(たつみ)の散歩道にここを見つけたのはいつのことだったろう。古い洋館の庭に聳(そび)える桜の古木。はじめて見たとき、どこか懐かしい思いが込み上げてきたことをいまでもあざやかに思い出すことができる。

その感情がどこからくるのかは、はっきりしない。かつて出会った誰かの面影を思い起こすこともあるが、その記憶ももはや曖昧だ。ただ、私も巽もこの木が愛おしくてならない。そこに迷いはない。だからいつでも心の中で声をかける。すると、大丈夫、そんな返事が耳に届いたりもする。

人生の終わりが近づいている。けれどもそこに怖さがないのは、この桜の木がいてくれるからかもしれない。

自分ももしこの世をいったん離れたとしても、こうして別の形で蘇ることができるのならば、それは楽しみでもある、そう思えるからだ。

*

身体の奥で、何かが蠢いていた。

なんだろうか。耳を澄ます。確か、冬の最中に、わたくしは庭師によって切られたはず。にもかかわらず、どこからか声が聞こえてくる。

「やっぱりお願いしてよかったです」

ころころと笑うような明るい声は、緋桜だ。わたくしの足にじゃれついて遊んでいたあの頃のままだ。

「これで安心ですね」

対応しているのは、花屋の都子か。わたくしの生命を絶ったのは彼女が連れてきた庭師だったと記憶している。だということは、いまは空から見ているのか、あるいは、別の形で生まれ変わったのか。

わたくしは自らの全身に目をやる。身体が以前よりも軽くなっているようだが、幹は相変わらずゴツゴツしているし、枝も……。そこまで確認して、はたと気づく。身体の下のほうの枝がすっかり落とされていた。

「桜って上のほうに伸びていくから、下になった枝は剪定したほうがいいんですって。私も吉井さんに聞いて驚いたわ」

「桜切る馬鹿、梅切らぬ馬鹿っていう諺。あれは間違っていたってことでしょうか」

緋桜が母親から教わった諺を口にする。

「違わなくはないらしい。誤った剪定は桜の木を傷める原因になるのも事実らしいの」

ただし、適切な剪定を施さないと、かえって木は弱っていく。その見極めが重要なんだ、と吉井の教えを都子が力説する。

「この桜の木、とっても健康で力強いから、こうやって手をかけてあげていけば、まだまだ大丈夫だって」

都子が口にする吉井の伝言は、わたくしの耳にもしっかりと届く。

「よかった」

緋桜が胸を撫で下ろすのが、わたくしにもはっきりわかった。

「それに、蕾がしっかり作られているから、春にはきっとまた美しい花を咲かせるでしょうって」

「え、蕾？」

わたくしの蕾が実は昨年の夏の頃には作られはじめ、冬にはじっと眠っていたことを、彼女たちは知らない。

――でも知らなくっていいんだ。

わたくしはなぜだかそう思う。いつの間にか花が咲き、散っていく。それを愛でてくれるのなら、それ以上の幸せはない。

桜の花は美しいまま散る。ただ、それで終わりではない。散ったあとには次の蕾をつけているのだけれど、そんな先々のことまで殊更に主張する必要はない。

「この桜、樹齢が百年以上になるらしいですよ。緋桜さんのことはもちろん、お母さま、おばあさまにもずっと寄り添ってきたんでしょうね」

都子のあたたかな声がわたくしの幹や枝を通し、心の奥底まで響く。

「でもこんな駅前に一本だけヤマザクラがあるなんて不思議だ、って吉井さんがおっしゃっていたわよ」

「それもそうですよね。でもこの木があったおかげで、祖母も母も私もこの屋敷で商いが出来たんですから、ありがたいですよ」

思わず涙が滲みそうになった。それが合図になったのか、また蕾の奥でミシッと音がした。蕾がゆっくりと目覚めていく。

「お花、今日は何ですか？」

都子と緋桜が連れ立って屋敷に入っていく姿がはっきりと見てとれる。

「ネコヤナギ。ふかふかでネコちゃんの尻尾みたいでしょ」

と、都子がグレーがかった綿毛のような花穂(かすい)を触った。

にわかには信じられなかった。しかし、庭師の手を借り、どうやらわたくしは生き延びることができたらしい。桜は葉を落としたあとは枯れ果てたようにじっとしているけれど、翌年の花の準備をしている。そうやって何度でも何度でも再生する。それに気づければ、無駄な伐採を免れることができる。

人間だって同じだ。傷ついて、躓いても、自分の力で、あるいは誰かの手を借りてでもいい。ちゃんと立ち上がって歩いていけるはずだ。その力を、わたくしは信じて疑わない。

削ぎ落としたあとに残ったのは、生きていくことのシンプルさ。けれどもそれがどんなにも豊かなことか。軽くなった身体で、もうひとがんばり、ここで彼女たちを支えよう、と誓った。

＊

『キャフェ　チェリー・ブラッサム』は、母と共同経営している和菓子店の二駅先にある。今日は定休日のその店に、今朝は母と連れ立って早くから訪れた。

数日前、私は髪の毛を短く刈り込み、以前のミルクティー色よりもさらに明るく、ゴールドに近いような髪色にした。

母の頭も、グレーヘアからピンクがかった淡いトーンの色合いに変えたら印象が若々しくなった。奥から顔を出した緋桜が、おふたりとも春らしいですね、と感想を述べた。

「派手かなって思ったんですけれど」

母が照れくさそうに髪に手を置き、

「でも、この子が薦めてくれたの。おしゃれになるよ、って」

ナチュラルで自然のまま、歳をとっていくのが素敵だし、若づくりもカッコ悪いと思っていたのだけど、野放図にするのと、手を入れるのとは別だ、と気づいたの、と話す母は、どことなく嬉しそうだ。

すると、それを聞いていた緋桜が、庭に目をやり、

「植物も人間も同じなんですね」

と感じ入ったように頷いた。

この庭には、樹齢百年にもなる桜の木がある。彼女によると、樹齢を経るに従って、枯れ枝が目立ってきて、木全体の力が弱ってきているように感じていたという。

そこで出入りの花屋の都子に相談し、庭師を紹介してもらい、冬の間に剪定をしたんだそうだ。桜は冬は休眠期間に入るので、剪定しやすいらしい。

「手入れをしていくことで、木も健康でいられ、いつまでも花を咲かすことができる。そんなことを庭師さんがおっしゃっていたんです」

緋桜が口にした言葉を、自らにも準えているのか、母が静かに頷く。

「あ、すみません。余談が長くなってしまい。今日は早くからご足労いただき、ありがとうございます」

と頭を下げられ、しんみりと俯いていた母が、とんでもない、と手を左右に動かした。

「こちらこそお声がけ嬉しかったです」

と礼を伝える母に促され、

「菓名は〈胡蝶（こちょう）〉です」

と菓子箱を手渡すと、緋桜の顔が綻んだ。その場で開けられ、白い紙箱に淡いクリーム色の上生菓子が並んでいるのが目に入る。型崩れなく届けられたことに、まずは胸を撫で下ろした。

「美しい蝶々」

箱の中の蝶は、ぷっくりと丸い羽を携（たずさ）えている。緋桜が目を細め、

「ひらひらと飛んでいますねえ」

と、まるですぐにでも蓋を閉じなければ飛び立ってしまうかのような仕草を見せる。茶目っ気のある緋桜の姿に思わず笑い声が漏れた。

「昔からあった意匠を母がアレンジした、うちのオリジナルなんです。この季節は人気で、遠方から買いに来る方もいらっしゃるほどなんです」

緋桜の反応が嬉しく、菓子の説明をする声がいつになく華やいでいくのを自認する。

すると母が、

「でも、今回のはこの子の作品。私がデザインした形を、彼女の手が自分自身の作品へと昇華させたのよ」

と言葉を継いだ。横顔を窺うと、母親のそれではなく、職人の「親方」の顔になっていた。それから顔を崩し、

「私が作ると飛ばない蝶になるのに、この子の手にかかると、生き生きと動き出すの。不思議なものね」

と、慈愛に満ちた眼差しを、菓子に注いでいた。

「〈胡蝶〉はうちの店のアイコン的な菓子なので、私が作っちゃいけない、って思っていたんです。どうやっても母のような繊細な蝶にはならない」

それが劣等感になっていた。けれども、

「母が、あなたなりの〈胡蝶〉を作ればいいってアドバイスしてくれ、今回、やってみようと思ったんです」

私は素直な言葉がすらすらと口を突いて出ていることに、驚いていた。

「伝統って頑なに同じことを繰り返していくことじゃない、って私は思うの。時代に沿った変化をしてこそ、続いていけるのだし、受け入れられていくんじゃないかしら」

母がそういってから、いい聞かすように私を見た。戸惑っていると、にこっと笑った。

なんとなく照れ臭くなり、目を逸らすと、庭の大木と目が合ったように感じた。毎年花を咲かせる桜も前年と全く同じ花が咲くはずはない。百年前の花と今春咲く花は違っても、どちらもその都度、見る人を楽しませてきた。続けていくこと、それは変わって

いくことなのかもしれない。母の伝えたかった気持ちが、少しだけわかったように思えた。

けれどもそれがちゃんと理解でき、作るものに活かされるまでには、時間と経験が必要なのもわかっている。だからこそ、もっともっと母とともにこの仕事をしていきたい、そう願う。

「ささ、行きましょうか。次のバスを逃すと、山の上まで行く路線は、三十分後ですから」

緋桜に促され、玄関を出る。上着を羽織ってきた彼女が戸締りをする。ぎいー、という音をたて玄関のドアが閉じられ、古い鍵を二度左に回すと、ガチャッと音がして施錠を報せた。

駅前からバスに揺られ、まもなくすると、山道に入る。観光客も訪れる賑やかな大通りからそんなに離れていないのに、窓から見る景色が様変わりする。目的地のバス停に降り立つと、空気が澄んでいることに驚かされる。駅前よりも気温が低いのか、肌寒さを感じるけれど、それが心地いい。

「こちらです」

緋桜が先導し、細い路地を進むと、『野花の店　みやこわすれ』と書かれた看板があった。苔生した屋根のついた門の先に石畳が続き、その奥に古い二階建ての民家が現れた。

「いい雰囲気ねえ」

母が目を輝かす。母はこうした古びたものにとても興味を示す。錆びた鉄、朽ちた木、使い古した家具。そんなものをどこからか見つけてきて、インテリアにする。割れた茶碗を漆を使う金継ぎと呼ばれる技術で修繕し、その景色を楽しんだりする。

子どもの頃は、そのよさが正直全く理解できなかった。古いものなんて汚らしい。誰が使ったかもわからないものなんて不潔だ、と敬遠してきた。

けれども、和菓子の仕事をはじめ、四季の移ろいを気に掛けるようになるうち、いつしか私自身も真新しいものよりも、使い込まれたものに惹かれるようになってきた。

多くの人の手と時間を経てきたものは、そのものだけが持つ美しさがある、だから惹かれるのだ。経験を経てしか得られない空気、それは和菓子職人である母の手を見ればわかる。急いで母のところまで行きたいと思ったこともあるけれど、ゆっくりでしか辿り着けない場所があるのだ、ということが、ようやくわかってきた。焦る必要なんてない。時が過ぎるように、自分も成長していけばいい、そう思えるようになってから、納得できる菓子が少しずつ作れるようになってきた。

庭に開け放たれたガラス戸から、都子が小柄な全身を使って、手を振って我々を迎え入れてくれる。

「菜の花。綺麗ですね」

店内の大きな木のテーブルに、アルミのタライが置かれ、菜の花が水に茎を泳がせていた。

「ちょっとこっちへ」

都子が手招きし、先に立って、建物の裏へと私たちを連れていく。ほら、と伸ばした右手の先の崖が真っ黄色で埋め尽くされていた。

「わ」

息を呑む。自然の菜の花畑だ。全国的な盛りよりも早めなの、と都子が目を細める。

「この景色を部屋の中にも連れてきたくって、今日は二階も菜の花をいっぱい飾ったんですよ」

都子の声が、菜の花畑に響く。

「皐子さんの蝶が飛びそうです」

緋桜がそんなことをいうので、嬉しくなる。

「蝶？　蝶のお菓子なの？」

目を瞬かせる都子に、母は淀みなく菓子の説明をする。

「この植物の正式名はアブラナ。花の咲いているときだけ菜の花って呼ばれるんです」

種から油を搾ったのが名の由来だといった都子が、菜の花はいいですけど、私たちは油売ってる場合じゃないですね、と急かした。足早に店に戻ると、すでに、数名の客が列を作っていた。

「可奈さん、そろそろ開店してもいいかしら」

階段の下から都子が声をかけると、

「はい。お願いします」

きびきびとした返事とともに、可奈がにこっとした顔を出した。

今日はここで鞄作家の可奈のオーダー会が開催される。対面でのオーダーにこだわっていた可奈だが、メディアの露出やSNSなどでの口コミで人気が出るにつれ、対応に悩んでいたそうだ。

「おはようございます。今日はありがとうございます」

我々を認め、ぺこりとお辞儀をした。

そこに都子が、二階で定期的にオーダー会を開くのはどうか、と声をかけたという。もともと可奈の活動を気にかけていた都子は、以前、二階を彼女のアトリエにしようと計画したこともあったのだという。

今回の注文菓子の依頼を受ける際に、緋桜から聞いた情報だ。

「それで、せっかくならゆっくりオーダー会を楽しんでもらいたいって可奈さんもおっしゃって、出張カフェができないか、って私に相談が来たんです」

都子は、いまの店に移転する際に、いずれフード関係のイベントもしたいと考えていたのか、カフェの営業許可を得たキッチンも整備されていた。

「春らしいお菓子、ぜひお願いします」

緋桜にリクエストされ、母に相談した。

「じゃあ〈胡蝶〉にしたら？」

母の言葉に身体が固くなる。うちの店の代名詞でもある〈胡蝶〉を自分が手掛ける自信がなかったからだ。

「あなたなりの蝶を可奈さんの展示会場に飛ばせてみる、そう思って作るのよ」

信念を貫くやりかたに悩んだ可奈、そんな彼女に手を差し伸べた都子、そして祖母の代からの屋敷を自分のペースで守る緋桜。彼女たちの活動が、私の刺激にもなった。いつでも自信がなかった私なのに、できるかな？　大丈夫かな？　という不安がもたげてこなかったのは不思議だ。ただ、やってみよう、やってみたい。理屈抜きにそう思えた。

「二階に可奈さんのアトリエを移すんですか？」

菓子の準備をしていた母が尋ねると、都子は首を横に振る。

「以前、彼女のご自宅におじゃましたんですけれど」

それは雑誌の取材を受けるために、と我々が新年の菓子を用意した日のことだという。

「とても居心地よさそうな場所なの。道具もあるべきところに収まっていて、空間に無駄がないのよ。それを見てね、わざわざ作業場だけを移すよりも、彼女の暮らしの中で作業したほうが、彼女らしい作品ができるんじゃないかなって思えたんです」

「それでここをオーダー会の場所に、って」

母が感心する。

「ええ。彼女のことを考えているうちに、私も自分のやるべきことも見えてきたんです」

都子はこの店で、花のワークショップを開催していた。しばらく休止していたその教室も、来月から再開することになったそうだ。

「方向性が決まったんですね」

教室の運営方針で迷っていたのだろうか、相談を受けていたらしき緋桜の声が華やいでいた。

都子が小さく目配せし、

「そう。特定の相手を想定した花を活けることを、教室のコンセプトにしようと思っているの」

その「誰か」は「自分」でもいい。誰かのことを思って花材を選び、その人の喜ぶ顔を想像しながら活けていく。そうすれば見映えばかりを重視した花にならず、心のこもったものになるのではないか、と考えついたのだそうだ。

「それは、可奈さんの作品に向かうスタイルや、緋桜さんの接客、それに皐子さんたちのお菓子を見て、気づいたことなのよ」

「え？　私たちのお菓子ですか？」

思わず声が上ずる。

「おしゃべりに夢中になれるように餡の固さにも拘られた、って緋桜さんに聞きましたよ」

恐縮のあまり頰が赤らむ。俯く私の肩に、母の手が触れた。手から伝わる体温が、よかったわね、そう伝えてくれているようだった。

「まずはやってみようと思って。やってみて、もしうまくいかなかったらまた考えればいい。考えるだけで何もできないよりもいいでしょ」

都子は自らにいい聞かすように頷き、ごく小さなコップに菜の花を一輪挿し、緋桜が用意した盆に置いた。盆の中で、湯吞みの脇の〝蝶〟が、菜の花の匂いに羽を動かしたように感じた。

――ねえ。羽ばたこう、私たち。一緒に。

声にはしなかった。けれどみなが今、きっと同じ気持ちでいる、そう信じられた。緋桜の淹れた茶の湯呑み、私が作った和菓子、それに都子が用意した花が盆の中で見事に合致し、傍らの可奈のバッグとともに美しい景色を描いていた。だから、だ。

「いらっしゃいませ」

常連客なのか、日本人男性と外国人女性の夫婦に、緋桜が人懐っこい笑顔をむけている。

「緋桜さん愛用のポーチ、見せていただいたの。そうしたら一目惚れ。なんだかとっても使いやすそうなんだもの」

女性が浮き立つ表情を見せ、

「オーダーできるなら、僕も欲しいんですよね」

わりと書類なんかを持ち運ぶから、いつも荷物が多いんで、大きくてざっくりとしたもので……。

すでにイメージがあるのか、男性も逸(はや)る気持ちをおさえきれないようだ。

「あとでお茶とお菓子、楽しみにしていまーす」

「はい。ぜひ」

緋桜の声が、夫婦が階段をのぼる音に混ざって聞こえた。

――多くの生き物がかかわってサクラは花を咲かせる。ひとりきりで頑張る必要なんてない。たくさんの力を借りて、歩いていけばいい。

どこからかそんな想いが湧いてきて、あれ、と首を捻るが、箱から菓子を移そうと緋桜が重箱を開けるのが目に入り、手伝います、と駆け寄った。

*

開店はお昼の十二時。遅くとも開店の一時間前には店に着いていたい。その日に出す菓子を当日の朝、買いに行くこともある。以前は頻繁だったその習慣も、最近は懇意の創作和菓子屋ができたおかげで少なくなった。

二週に一度程度の頻度で、花の活け替えをしてくれるのは、ここから山道を少しのぼった先に花屋を構えている都子だ。

彼女が今回用意してくれたのは、コブシ。白い大きな花を咲かせる枝物で、同じ科のモクレンによく似ている。

「モクレンはガクがあるから花が開き切ることはないの。でもコブシはほら」

と手を広げたように大きく咲いている花を指し、

「あと、モクレンは花だけが先に咲いて、葉は遅れて開くけど、コブシは花と葉が一緒に開くのよ。ヤマザクラと一緒ね」

と『キャフェ チェリー・ブラッサム』の庭の桜の品種の名を出して、都子が教えてくれた。

街中で多く見るソメイヨシノは、花が終わったあとに葉が出る。けれどもヤマザクラは花と葉が同時に開く。それは私も毎春目にしているだけによく知っている。

「なるほど、モクレンはソメイヨシノ的な咲き方で、ヤマザクラ的なのがコブシ。これで覚えました」

こくりと頷き、片手でオッケーのマークを作ってみせた。

都子が主宰している花のワークショップは「大切な人のためのお花教室」とカリキュラムをリニューアルしたことで、参加者の層が変わったという。

「驚いたんだけど、年齢の幅がすごいの」

コブシを活け終えた都子が、目を丸くし、こんなことを話してくれた。

「大学生がおばあちゃんのために、だとか、八十代の女性が同い年の長年の友達に、とか、そう聞くだけでいちいち幸せな気分になるのよね」

都子がうっとりする。花は本来、大切な相手のため、だ。記念日のお祝い、退社の餞(せん)

別、入院のお見舞い……。

「もちろん一人暮らしや家族の食卓を彩るための花もあるわね。自分のための花」という別の側面を持つようになった。

でもいつしか、SNSやスマートフォンで見知らぬ誰かに自慢するツール、という別の側面を持つようになった。

「だから、原点に戻っただけの話。大切な人や自分のことを考える、その時間が心を育てるんだってことに、私自身も気づかされたの」

それは参加者から教わったことなんだ、と都子がいう。

「それにね、もしやっぱりどこか違うって思ったら、また仕切り直せばいい。もっと気楽に構えて、軽やかに歩んでいきたいの」

裏口にまわり、木戸を入る。母から引き継いだこの屋敷の庭の真ん中には、大木のヤマザクラが立っている。屋敷と同じように年月を重ねてきた樹木も、少し前から枯れ枝が目立つのが気になっていた。もう朽ちていくだけかと寂しくなった。

都子に相談したところ、懇意の庭師を紹介してくれた。ベテラン庭師の吉井が樹木の休眠時期を見計らって剪定をしてくれた。そのおかげか、本格的な春を前に、力を漲らせているように感じる。

庭はもっぱら竹箒で掃き掃除する。屋敷の脇の物置から、掃除道具を取り出し、シャッシャッと音をたてて掃くうち、仕事モードに集中していく。

「あ、たんぽぽ」

これまで土ばかりだった庭の周囲に、黄色い花が開いていた。屈んでみると、名のわからない白い花やピンクの草花も生えていた。花をよけて箒を左右に動かしつつ、庭の真ん中に塵の類を集めていく。桜の根本まで来て、顔をあげた。

幹は直径だと三十センチ近くになるだろうか。樹の高さは二メートルくらいなので、街路や花見に人気の場所で見かけるサクラよりは小ぶりだけれど、枝を左右に大きく広げた姿はとても雄々しい。それがおおらかさにも感じられて、私は親しみとともに木に近づく。まだ裸の枝に目を凝らすと、枝がどことなく赤く色づいているように思えた。

冬時分の黒々とした枝を見ては、もう枯れてしまったのではないか、と不安にすら思えたけれど、いまの枝は、そこはかとなく赤茶から臙脂に近い色を帯び、艶やかさを放っていた。まるで木全体が煌々とした輝きを内に秘めているかのようだった。

「宅配便、届いたわよ」

木戸の向こうで、母が片手に段ボールを掲げていた。

「サンキュー」

箒を置いて駆け寄ると、

「もう、道具を放り出して」

と呆れながら、箒を立てかける。

お茶菓子の干菓子を、通販で取り寄せていた。今日の午前中の到着を指定していたのだけれど、自分が家を出る前には届かなかった。やきもきしていたら、

「届いたら、あとで持っていってあげるわよ」

と神の手を差し伸べてくれた。

実家はこの屋敷の裏手にある。だからといって、もう支配人を引退した母の手を借りてばかりいては申し訳ない、と思ってはいる。けれども背に腹は替えられない。頼るのもひとつの親孝行、と勝手に解釈し、甘えるときは甘える。

箒を物置に片付けた母が、迷わずに桜に近づく。

「もうすぐねえ」

「何が？」

「花に決まっているでしょ」

ぴしゃりというが、さすがに開花はまだ先だ。日差しが明るくなったせいで、枝が艶やかに見えてはいるけれど、枝が裸なのは冬と変わりない。不思議に思って母の横顔を見るが、彼女は口元に笑みを湛え、枝に目をやっている。

「ほら見てごらんなさいよ」

と枝の先を指す。そこには小指ほどの棘のようなものがあった。

「こっちも」と指差す横にも同じような突起が見えた。

「これが花芽。だんだん膨らんできているでしょ」

といわれても、これまで観察していなかったのだから、比較のしようがない。

「いまはまだ木と同じ茶色だけどね」

冬の間は花芽を寒さから守るため、こうして厚い鱗状のもので覆われているという。

「ここ数週間でみるみると変化していくから、ちゃんと見ていくといいわよ」

「ふーん」

この芯のようなものから花が咲くだなんて、にわかに想像できない。これまでの年も、いきなり蕾が出現し、開花したように思っていたけれど、考えてみれば、いつからか花の芽が育っていたはずだ。

「いつできたんだろ。全然気づかなかったなあ」

毎日、この庭の掃き掃除をし、桜も眺めていたのにな、と口を尖らすと、

「夏よ。花が散ったと同時に、サクラは次の年の花芽の準備をするの」

「え？　そんな前に？」

そういえば、蕾がちゃんとある、と庭師の吉井がいっていた、と都子からも聞いていた。

長い時間をかけてじっくりと準備をし、蓄え、一気に花を咲かせる。だから桜はあん

なに美しいのか。一年の集大成を披露し、そして見事に散る。想像していたら、果てしない力に心を奪われた。

しばらく口を閉ざしてから、ずっと抱いていた疑問を尋ねてみる。

「ねえ、この桜の木、なんでここに一本だけあると思う？　誰かが植えたのかなあ。庭師さんも不思議がっていたみたいだよ」

母が驚いたように私を見、それからゆっくりと桜に目を移す。静かな時間が流れたあと、

「おばあちゃんから聞いた話だけど。それもお母さんが子どもの頃に聞いたから、あやふやな記憶だけど」

そういって切り出した。

ここは鉄道駅ができる前は山林で、たくさんの木々が植わっていたんだそうだ。

「桜もヤマザクラだけじゃなくて、オオシマザクラやエドヒガンなどの自生の木があったそうよ」

駅の建設にあたり、再開発が行われ、多くの木々が切られた。

「もともとここはうちの先祖の所有地だったからね、でも駅前の土地は一部を国が買い取ることになって」

はじめて聞いた話だった。

「じゃあ、この屋敷もその時からあったの?」

母は首を横に振る。

「ここはね、おばあちゃんが施主になって建てたの」

そこでようやく私に目を戻し、

「なんでだと思う?」

と尋ねる。

「それは宿泊施設をやるためでしょ」

ハイカラなおばあちゃんは、当時では珍しいモダンなこぢんまりした宿を経営していた、ということはよく知っている。

「もちろんそうだけど。この木をね、守りたかったからよ」

と、また桜に目を戻した。

私有地ではあったけれど、ここを更地にする案が進んでいたという。

「土地の全部を買い取ってもらえば、いいお金になるでしょ。でもそうすると」

「桜が切られてしまう?」

「そう。だから死守したの。ホテルを経営し、その庭の木として存在させるために」

桜の木の見える場所に自宅とこの屋敷を建てた。まだまだ祖母が若く、母も産まれる前のずっと昔の話だ。

「そうだったんだ」

一本の木が残った。

桜の木があったおかげで、祖母のホテルも母のレストランも私のキャフェも「チェリー・ブラッサム」の名のもとに営業していられた、そう思っていた。

でも実際は、チェリーブラッサム、つまり桜のために、営業を続けてきたのだ。残ったのではなく、残したのだ。

「おばあちゃん、やり手だったんだねえ」

「やり手っていえばそうかもね。決めたら一筋って人なのよ。やりたいことなら、どんなことでも実現しようとする。努力の人だったかもね」

祖母の八重は私が小学生の時分に亡くなった。もちろんおしゃれだったことは語り継がれていたから、知っていたけれど、私にとっては、ただただ優しくおっとりとしたおばあちゃんだった。そんな強い意志を持つ人だったとは思ってもみなかった。

「なんで話してくれなかったの？　支配人を継ぐときに、それも受け継ぐ必要があるんじゃないの？」

苦言を呈すると、「引き継ぎ事項ってこと？」と母はぷっと吹き出す。

「そんなこと聞いちゃったら重荷になるでしょ。どんなことをしてでもこの屋敷を守らなきゃって、プレッシャーに」

だいたい支配人をすることだけでも大変なのに、そんなものまで負わせたくなかったのだと明かす。頼りなく見られていたわけだ、と肩を落としながら、

「じゃあ、なんでいま、話したのよ」

突っかかってみると、「聞かれたから答えたまでよ」とあっけらかんといったあと、表情を崩す。

「でも、もう伝えても大丈夫かな？　って思ったの。あなたもうそれなりの支配人になったからね」

さ、もう戻らなきゃ。お父さんがお昼作って待っててくれているから。今日はペスカトーレだって、とほくほくしながら向けた背に、

――先輩支配人、感謝です。

と呟き、そっと頭を下げたら、目尻に涙が浮かんだ。誰も見ていないはずなのに、

――おやまあ。

とどこからか聞き覚えのある懐かしい声が聞こえ、それが祖母のものだとわかる。驚いて顔を上げるが、そこには枝にたくさんの花芽をつけた桜の木の枝が揺れているだけだった。

――そろそろお店の準備しなさいよ。

その声はやはり祖母によく似ていて、そして赤っぽく色づいた幹から聞こえてくるよ

うに、思えてならなかった。

*

「いらっしゃいませ」

そぼふる雨の中、ひとりで訪れた女性客を、二階に案内する。彼女が麻の葉の部屋を選んだ。

今日のお菓子は添田親子が作った生菓子だ。薄茶色のピンポン球大の球体を黒文字でカットすると、中から鮮やかな黄緑とピンクの餡が出てくる。三つの色の層の切り口が、とても美しい。

〈花の芽〉と名付けられたその上生菓子は、もちろん桜の花芽をイメージして作られたものだ。説明すると、

「春が待ち遠しいですね」

と客がいい、目を落としたまま尋ねる。

「桜はもうすぐかしら？」

「この雨が開花を促すかもしれませんね」

以前、エラが三寒四温とは本来は冬の季語だと教えてくれた。寒暖をくり返しながら

季節が進むのを冬の寒さの中で思うんです、と緋桜が語ると、

「今年も桜の花を見られるなんて、嘘のようです。よかった」

声が掠れた。はっとして様子を窺う。

「ああ、以前……」

確か、昨年の桜の散るころに友人と訪れた客だ。病み上がりの久しぶりの外出にこの店を選んでくれたのに、他の客が口にした言葉で傷つけてしまったのではないか。ずっと心に引っかかっていた出来事のひとつだ。

「人生も三寒四温。悪いこともあればいいこともある。でも行きつ戻りつしながら、それでも進んでいくのよね」

客はこう続ける。

「こうやってひとつずつ季節を重ね、例えゆっくりだとしても歩んでいける。それってかけがえのないことなの」

庭のヤマザクラの花芽はやがて硬い殻を破り、蕾を出す。ひとつの花芽にはピンク色の蕾が数輪入っている。ピンクの蕾は開き、やがて白に近い淡い花を一斉に開かせるだろう。

球体の菓子〈花の芽〉にはもうひとつの意味を込めた、と皐子の母親の添田がそっと

耳打ちしてくれた。三層の餡は、緋桜と都子と皐子でもあるし、八重と櫻子と緋桜でもあるのだ、と。

途切れることなく巡って、繋がっていく。切れ目なく永遠に。それをころころと転がる球として表現したのだ、と。

祖母が守った桜が、今日の自分、そしてその花を見る人たちの前でまた花を開かせる。果てしない連鎖を、かけがえのない奇跡と呼ばずにいられるだろうか。どんなことがあっても乗り越えていく再生の奇跡だ。

とその時、室内が柔らかな明るさに包まれた。目を上げると、障子越しに日が差し込んでいた。

「晴れましたね」

光の中で客が微笑んだ。

執筆に際し、『桜の科学』（勝木俊雄・著　SBクリエイティブ）、『もっと知りたい　さくらの世界』（勝木俊雄・監修　汐文社）、『サクラの絵本』（勝木俊雄・編、森谷明子・絵　農山漁村文化協会）、『桜をめぐる生きものたち』（竹内将俊ほか・著　東京農業大学出版会）、『新茶花事典』（鈴木早百合・生け花　月刊さつき研究所）、『和花　日本の花・伝統の花』（講談社）、『史料でみる和菓子とくらし』（今村規子・著　淡交社）、『事典　和菓子の世界　増補改訂版』（中山圭子・著　岩波書店）を参考にさせていただきました。

なお桜の表記は、野生種、栽培品種ともにカタカナに統一しました。

この作品はフィクションです。実在の人物、団体等には一切関係ありません。

扉イラスト　大野八生
本文デザイン　大久保明子

この作品は文春文庫のために書き下ろされたものです。

ＤＴＰ制作　エヴリ・シンク

文春文庫

桜の木が見守るキャフェ

定価はカバーに表示してあります

2024年4月10日　第1刷

著　者　標野凪

発行者　大沼貴之
発行所　株式会社　文藝春秋

東京都千代田区紀尾井町 3-23　〒102-8008
ＴＥＬ　03・3265・1211㈹
文藝春秋ホームページ　http://www.bunshun.co.jp

落丁、乱丁本は、お手数ですが小社製作部宛お送り下さい。送料小社負担でお取替致します。

印刷製本・大日本印刷
Printed in Japan
ISBN978-4-16-792199-6